35 SEGREDOS PARA
CHEGAR A LUGAR NENHUM

35 SEGREDOS PARA CHEGAR A LUGAR NENHUM

Organização
Ivana Arruda Leite

Literatura de Baixo-Ajuda

BERTRAND BRASIL

Copyright © 2006, Ivana Arruda Leite (Organização)
Copyright © 2006, autores participantes desta coletânea

Capa: Sérgio Campante

Editoração: DFL

2007
Impresso no Brasil
Printed in Brazil

CIP-Brasil. Catalogação na fonte
Sindicato Nacional dos Editores de Livros, RJ

T754	35 segredos para chegar a lugar nenhum: literatura de baixo-ajuda/organização Ivana Arruda Leite. – Rio de Janeiro: Bertrand Brasil, 2007 168p.
	ISBN 978-85-286-1285-1
	1. Antologias (Humorismo brasileiro). 2. Escritores brasileiros. I. Leite, Ivana Arruda, 1951-.
07-3244	CDD – 869.97 CDU – 821.134.3 (81)-7

Todos os direitos reservados pela:
EDITORA BERTRAND BRASIL LTDA.
Rua Argentina, 171 — 1º andar — São Cristóvão
20921-380 — Rio de Janeiro — RJ
Tel.: (0xx21) 2585-2070 — Fax: (0xx21) 2585-2087

Não é permitida a reprodução total ou parcial desta obra, por quaisquer meios, sem a prévia autorização por escrito da Editora.

Atendemos pelo Reembolso Postal.

CONTEÚDO

Prefácio
MINHAS PRIMEIRAS ÚLTIMAS PALAVRAS
11

Adrienne Myrtes
COMO MANTER A ELEGÂNCIA ENQUANTO
SEU MARIDO DÁ EM CIMA DE OUTRA
13

Alexandre Barbosa de Souza
AUTO-ELÉTRICO DE AUTO-AJUDA
17

Ana Elisa Ribeiro
SETE PASSOS PARA MULHERES MEDÍOCRES
CAPTURAREM UM HOMEM IDEM
21

Ana Paula Maia
SEJA UM TELEOPERADOR DE SUCESSO
27

André Laurentino
LIVROS DE AUTO-AJUDA: COMO LARGAR
ESTE VÍCIO
29

André Sant'Anna
USE SEMPRE A CAMISINHA
33

Andréa del Fuego
COMO GANHAR UM JABUTI
35

Antonia Pellegrino
COMO A CLASSE MÉDIA DEVE TRATAR
OS RICOS NO BRASIL
39

Antonio Prata
MAMA, NENÊ
43

Beatriz Bracher
SÉRIE PRIMEIROS PASSOS
47

Cíntia Moscovich
COMO PROCURAR TREZENTOS ESPETOS DE PICANHA DESAPARECIDOS
49

Claudio Daniel
COMO SER UM PERFEITO IDIOTA
53

Fernando Bonassi
DA NECESSIDADE DO USUFRUTO DA BOCETA
61

Índigo
COMO MATAR CUPINS
65

Ivana Arruda Leite
COMO TRANSAR COM O MARIDO DA SUA MELHOR AMIGA SEM PÔR EM RISCO A AMIZADE ENTRE VOCÊS
69

João Filho
DE COMO COMER MALUQUINHAS MACONHEIRAS
71

Jorge Pieiro
COMO MAXIMIZAR O USO DO MÚSCULO LINGUAL
75

José Luiz Martins
COMO VENCER SENDO DEFICIENTE
79

José Roberto Torero
COMO ESCREVER UM CARTÃO-POSTAL
83

Livia Garcia-Roza
COMO SORRIR NO RETRATO DE FAMÍLIA
87

Lúcia Carvalho
COMO RESOLVER (DISCRETAMENTE) O PROBLEMA (SERIÍSSIMO) DE PRIVADAS ENTUPIDAS
89

Luiz Paulo Faccioli
COMO FAZER SEXO (SEGURO) NA FILA DO BANCO
93

Marcelino Freire
COMO DIZER À SUA MÃE QUE VOCÊ É GAY
97

Marcelo Carneiro da Cunha
COMO SER FELIZ SEM CHEGAR AO TOPO
99

Marcelo Moutinho
AS SETE GRANDES VANTAGENS DA
DEPRESSÃO CRÔNICA
103

Maria José Silveira
COMO APRIMORAR UMA HABILIDADE ANCESTRAL:
A MENTIRA
107

Mário Bortolotto
WINNER NA PRAÇA LOSERVELT
113

Nelson de Oliveira
COMO PUBLICAR CARTUNS PROTAGONIZADOS
POR VOCÊ SABE QUEM SEM TER A CABEÇA DECEPADA
NA MANHÃ SEGUINTE
117

Reinaldo Moraes
DA INDUÇÃO INDIRETA AO CONTATO
INTERBUCOLINGUAL
129

Rodrigo Lacerda
COMO CONTINUAR GOSTANDO DE VIVER MESMO
À BEIRA DA DESTRUIÇÃO TOTAL DA HUMANIDADE
135

Rogério Augusto
COMO SER FELIZ DENTRO DO ARMÁRIO
143

Santiago Nazarian
HORÓSCOPO TERRORISTA
147

Sérgio Fantini
PARA SALVAR A VIDA DE UM ENTE QUERIDO
153

Sheila Leirner
COMO FAZER BOA FIGURA EM VERNISSAGE
155

Xico Sá
COMO NÃO ESCREVER UM BILHETE DE SUICIDA E OUTRAS
INSTRUÇÕES PARA OS MORTAIS COMUNS
159

OS AUTORES
162

PREFÁCIO

MINHAS PRIMEIRAS ÚLTIMAS PALAVRAS

Caríssimo leitor, é com imensa satisfação que retomo a palavra, mesmo que por outra boca e por outras mãos, para entregar-lhe uma pérola.

Atendendo a um pedido que me foi feito por uma simpática senhora de cabelos vermelhos, li com cuidado o livro que ora você tem em mãos e confesso que há muito não me divertia tanto.

É com muito gosto que apresento a você 35 escritores que um dia serão imortais como eu. Não por terem atravessado o último umbral, mas porque, com certeza, estarão investidos com o fardão da Casa que fundei, atualmente tomada por vendilhões (com poucas e honrosas exceções).

Assim como você, eu também não acreditava em fórmulas mágicas e receitas de sucesso fácil, de felicidade, para se dar bem com as mulheres etc. Para mim, isso era pura charlatanice que só servia para engordar o soldo dos espertalhões à custa dos crédulos e ingênuos.

Mas não. Os 35 *Segredos* aqui revelados são capazes de virar sua vida ao avesso. Se não sua vida, pelo menos você se verá curvado de tanto rir. Os garotos e garotas que os prescrevem têm talento.

Bem sabe o leitor que os bons conselhos são como as roseiras: pegam. Seguindo esse princípio, em breve teremos jardins por toda parte, pois os conselhos que aqui se encontram não só pegam como frutificam.

Dizer coisas sem parecer dizê-las é arte para poucos.

Descubra você mesmo o talento desses autores para essa tarefa.

Lembro-me de ter dito certa vez que, para mim, as idéias são como as nozes, e que até hoje ainda não descobri melhor maneira de saber o que está dentro de umas e de outras — senão quebrá-las.

Garanto que você jamais provou nada parecido.

E mais não digo, porque está fazendo um calor dos diabos.

É tarde, e a Aurora, com os róseos dedos, abre as portas ao sol. Hora dos mortos voltarem às campas.

Deu-me imenso prazer poder reencontrá-lo, saudoso leitor, ainda que por pouco mais de meia página, mas agora devo calar-me novamente.

Aproveito esta última linha para dar-lhe um piparote e dizer-lhe adeus. Ou até breve.

Machado de Assis
(Psicografado por Desdêmona de Antioquia)

COMO MANTER A ELEGÂNCIA ENQUANTO SEU MARIDO DÁ EM CIMA DE OUTRA

Adrienne Myrtes

Amiga, cedo ou tarde chega o dia em que você se depara com essa situação; por isso, sem gozação, relaxe. Pense que 99,99999% das mulheres já passaram por ela e algumas conseguiram seguir adiante.

Saiba como, em onze passos.

1. PRESTE MUITA ATENÇÃO nos gestos dele. Se ao falar ele se inclina na direção dela, se sorri a pretexto de qualquer coisa, se cria situações para tocar nela e, ponto importante, se o olhar dele lhe é familiar (porque ele vai agir igual a quando estava conquistando você), diagnóstico positivo. É hora de partir pra ação, ou, se preferir, pra falta de ação, porque o melhor é não fazer nada.

2. ABSTRAIA. Não faça absolutamente nada, porque tudo que fizer será usado contra você, sem qualquer julgamento. Homens apaixonados costumam tratar suas mulheres como se fossem óculos de grau. (Sabe aquela história de que é feio, incomoda, envelhece e machuca? Pois é, afinal, quando a gente não quer, qualquer desculpa serve.) O que você deve fazer é abstrair.

Só não comece a pensar em campo com margaridinhas e patinhos no lago porque pieguice extrema é prejudicial à saúde, pode provocar ânsia de vômito ou qualquer outro efeito colateral.

Você pode pensar, por exemplo, em pastel de feira com caldo de cana. Porque é bom e vai manter sua mente ocupada por um tempo até passarmos para o próximo item.

3. URGE DISCORRER UM POUCO a respeito de elegância. Por exemplo, discorrer um pouco a respeito de... é elegante. Elegância é um estado de espírito e coisa e tal, elegância é o mesmo que Eglantine. Eglantine era uma amiga da minha avó; Eglantine era alta, magra, elegante, e deve estar velha. Não, querida amiga, você não está velha. Velha é estrada. Você, no máximo, adquiriu experiência de vida. Pense que você tem muito mais experiência do que aquela garota sobre a qual ele está derramando a baba dele. Então, esbanje essa experiência, sorria.

4. SEJA CORTÊS, aproxime-se dos dois, seja cordial e amável com o canalha. Mas, enquanto você exibe sua descarada amabilidade, continue abstraindo. Você pode, por exemplo, pensar num poste com a luz acesa. É o tipo de pensamento que não imprime expressão ao rosto, e, nessa hora, é absolutamente necessário manter a cara de paisagem.

5. EM SEGUIDA, deixe-os a sós outra vez, porque isso vai fazer com que ele se sinta relaxado, fique à vontade e tenha certeza de que você é um escargot e não percebeu coisa alguma.

6. NA VOLTA PARA CASA não aborde assuntos polêmicos, nada de falar a respeito de política, conflito racial, o time dele na segunda divisão... Sobretudo não fale qualquer coisa desabonadora a

respeito do time dele. O melhor mesmo será pegar uma bala de goma (estrategicamente guardada na bolsa) e enfiar na boca. Bala de goma é uma delícia, gruda no dente, depois dá um trabalho danado pra desgrudar... Enfim, isso vai manter você ocupada o percurso inteiro.

7. SEMPRE AJUDA PENSAR EM ALGO ELEVADO. Mentalize o terraço do Edifício Itália e siga em frente.

8. NO DIA SEGUINTE acorde mais tarde, espreguice bastante antes de se levantar. Tome um bom café-da-manhã e vá às compras. Compre um lingerie bacana e um vestido provocante.

9. FAÇA UM JANTARZINHO ÍNTIMO e o receba com um sorriso. Sirva uma entrada leve e um prato principal também leve para mantê-lo bem disposto.

10. AO FINAL DO JANTAR, ainda sob a luz de velas, olhe bem nos olhos dele e, sempre sorrindo, diga-lhe que vá tomar no cu. Que vá nadar em rio pra ver se re-encontra a piranha no cardume, ou ainda, que vá cagar em outro banheiro porque o prato principal que você deixou de comer alegando regime foi preparado com laxante.

11. AS MALAS. Esse último passo é a azeitona no drinque, e deve ser dado em algum momento entre o oitavo e o nono. É importante que as malas dele já estejam arrumadas para que ele saia sem demora.

Aproveite esse momento para recuperar sua paz interior enquanto exercita seu lado artístico: com uma tesoura desenhe arabescos nas camisas preferidas dele e transforme as calças numa instalação de arte moderna antes de colocá-las na mala.

Depois disso você será um ser humano melhor.

AUTO-ELÉTRICO DE AUTO-AJUDA
(fábula)

Alexandre Barbosa de Souza

1

Aqui no Centro tem muito táxi e prostituta, mas auto-elétrico tem de ser de confiança. Achei melhor procurar na internet.

Numa propaganda, descobri, por exemplo:

"Foi no início do século XX que surgiu a ignição por bateria, e os novos veículos registraram grandes melhorias e passaram a vir equipados com a partida elétrica tendo como fonte de energia a bateria e uma fonte de produção de corrente (dínamo ou alternador), sendo a luz alimentada pelo próprio sistema elétrico.

Quando se tem problemas na parte elétrica ou na bateria não basta simplesmente trocar a mesma, pois todo o conjunto necessita ser avaliado para se encontrar o real problema que está afetando o sistema."[1]

E ainda uma confissão apaixonada de prazer cósmico: "Como é bom sentir a energia fluir durante a partida, a fagulha instantânea e poderosa, o combustível explodindo, os pistões pulsando, o virabrequim girando, um *big-bang* autocontido dando início a um ciclo de explosões controladas em quatro tempos."[2]

---
[1] Auto-Elétrico Boy, Vila Olímpia, São Paulo.
[2] Se meu fusca blogasse, http://ralf.macan.eng.br/

O carro nem era meu. Por mim podia levar em qualquer lugar, mas eu tinha tempo e me lembrei dos gregos da Ipiranga.

2

Orestes tinha uma irmã mais velha que continuou em casa depois que ele teve de ir visitar os parentes de um tio do bisavô na Grécia. A idéia do auto-elétrico havia sido dela. O Orestes voltou para o Brasil e a irmã tinha contratado o Alemão, mas o Orestes depois assumiu tudo. Entrei com o cupê, desci, bati a porta. Vi que o banheiro estava aberto e fui entrando sem pedir.

Quando agachei e olhei o verso da porta, estava escrito em preto, com as vírgulas:

"Quando eles denunciam Marx, não fazem uma nova análise do capital, mas denunciam conseqüências políticas e éticas stalinistas que eles supõem decorrer de Marx. Eles estão mais próximos daqueles que culpavam Freud de conseqüências imorais, o que nada tem a ver com filosofia."

Enquanto lavava as mãos, sob o impacto daquilo, imaginava de qual dos dois seria aquela letra. Mas estavam discutindo; parei ao lado do cupê e peguei o grego dizendo:

"Sem o conceito racional, ainda uma criação do Ocidente, melhor será dizer da mente grega, não se concebería nem o saber jurídico dos romanos..."

Um ônibus passou e perdi um trecho.

"A força dominadora na sociedade dos nossos dias... mergulha suas raízes no mesmo solo. A simples ganância, a sede do lucro material, que todos os povos e todas as épocas conheceram em maior ou menor grau, nada têm a ver com a mentalidade capitalista, que se identifica, ao contrário, com a subjugação e disciplina daqueles impulsos irracionais."

Nisso, o Alemão chegou e disse:

"Infelizmente não estamos mais distribuindo avais. Serve só diagnóstico?"

Eu estava besta, mudo. Um buquê de parênteses voou — uma chuva de aspas de perplexidade. Recolhi-me quieto e disse que sim. Pensei ouvir: "Tudo menos me dizer que era só azia..."

"Quem sou eu para querer desenganar ninguém, mas depende do seu conceito de antidepressivo", continuou o loiro.

Obrigado a esperar com meus pensamentos, culpei-me pensando que pouca gente, acho, ou melhor, espero, procura na internet por auto-elétrico. O tipo de pessoa que procura auto-elétrico na internet. Se eu tivesse tido um dia um carro, acho que nunca iria procurar um auto-elétrico na internet.

Fui despertado do meu devaneio pelo alemãozinho que passou dizendo alto algo mais terreno: "O pequeno auto-elétrico de bairro... Senão é oficina ou autorizada, que nem essa aí do lado. Autorizada Zen.[3]"

3

Orestes balançou a cabeça como que se despedindo de mim.

Dona Electra, no maior regozijo, me passou o orçamento discriminado que tresli como se segue:

"Marxismo cármico de extração pré-kardecista, de um misticismo atroz. Desumano, mas sensível."

Ó cupê.

---

[3] Marca de baterias (baterias seladas).

SETE PASSOS PARA MULHERES MEDÍOCRES CAPTURAREM UM HOMEM IDEM

Ana Elisa Ribeiro

Este pequeno manual pretende que você, leitora, aprenda como atrair homens interessantes e mantê-los interessados em você, por algum tempo. Nem sempre é possível que o interesse dure mais do que três meses, mas com este breve manual você poderá aumentar muito as suas chances de felicidade até encontrar outra oportunidade. O perfil do homem apresentado aqui é o do macho médio brasileiro, sem restrições de idade e cor. Já nas primeiras linhas do texto você será capaz de perceber a que tipo de mulher este homem interessa e vice-versa. Espero que o raciocínio não tenha sido muito complexo para você.

1º passo – FÉ NOS HOMENS
É preciso ter fé. É necessário acreditar nos homens, nas intenções e atitudes deles, no namoro, no noivado e no casamento feliz, no sexo seguro e em Papai Noel. Não adianta sair à procura de um homem como uma caçadora faz com os javalis. Nem é necessário ir para a noite vestida para matar ou munida de arcos, flechas e arpões. O peixe se pega por outros orifícios. Melhor manter a atitude de quem não precisa disso. Cara de nojo, ar *blasé* e jeito descolê são

bons arranjos para despertar o olhar curioso de um homem interessante. A roupa conta muito, claro, mas deve coadjuvar em relação a você. Caso a roupa se mostre mais interessante do que o recheio dela, são possíveis dois diagnósticos preliminares: ou o cara é *gay* ou você é extremamente desinteressante.

2º passo — AMBIENTES FAVORÁVEIS

Para sair, procure lugares onde haja maior incidência de homens solteiros, a não ser que o estado civil das criaturas não lhe pareça relevante para suas expectativas. O alinhamento entre esperanças, desejos e acontecimentos é imprescindível. Mas se você quiser apenas um macho, qualquer um a servirá, potencialmente. Não procure bares de esquina, mas ambientes em que seja necessário, por exemplo, pagar uma consumação mínima. Nos bares de esquina, você terá mais chances de encontrar exemplares masculinos que têm grupos de amigos inseparáveis, que gostam fanaticamente de futebol ou Fórmula 1 e que bebem cerveja algumas vezes por semana. Pense no futuro. Botequeiros que gostam de futebol e cerveja podem ter barrigas prenhóides mais cedo. Um homem que gosta de boteco provavelmente gosta de churrascões no quintal de casa. Um dia, isso poderá levar você a servir croquetes à beira da piscina enquanto as crianças rolam na terra. Tenha visão de futuro.

3º passo — AMIZADES FAVORECEDORAS

Saia sempre com uma amiga feia. Ter amiga bonita é bom, mas guarde-a para situações menos inquietantes. Vá com ela ao cinema ver filme-cabeça (se isso for possível) ou vá ao shopping comprar blusinhas, mas na hora de procurar um macho para fazer você feliz, esqueça a amiga em casa. Em geral, ela já tem um namorado ciumento, isso pode ser bom para você. Mas se ela estiver solteira, não deixe que ela abale, ainda mais, a sua auto-estima e os resultados de sua busca. Saia com uma amiga sem sal ou chame para a festa a sua amiga mais inteligente. Dificilmente a cê-dê-efe de plantão chamará a atenção de alguém. Caso vocês travem um diálogo com algum rapaz, a amiga-crânio logo será preterida, para sua vantagem. Se, durante a conversa, ela pedir a sua opinião, sorria constrangida ou diga que não sabe direito sobre o que estão falando. Isso resguarda você. A amiga feia, por outro lado, pode acelerar mais as coisas. A feiosa torna você o centro das atenções. O foco do olhar dos rapazes deve recair logo nos seus atributos, sejam eles naturais ou comprados em alguma clínica de estética. Prefira dar aos sujeitos condições de comparar, mas tenha sempre por perto uma amiga tribufu.

4º passo – SENSIBILIDADE E PERCEPÇÃO

É preciso ser sensível e perceber as características do homem mirado. Um cara que usa cinto trecê não pode ser boa coisa. Roupas, cabelo e barba certinhos demais podem não ser bom sinal. É preciso atentar para os tipos que mantêm o visual planejadamente atrapalhado. Atente bem para o advérbio "planejadamente". Machos naturalmente avacalhados são profundamente indesejáveis. Por outro lado, a aproximação com homens narcisistas pode ser péssima. Não é nada agradável sair com um cara que pede seu espelhinho emprestado e gosta de secar o suor com seus lencinhos. Observe se o rapaz mexe demais nos cabelos, faz as unhas, olha nos vidros como se fossem espelhos. No motel, observe se ele demora mais do que você para tomar banho e para se vestir. Isso pode ensejar certa concorrência no futuro.

5º passo – JEITOS E MODOS

Uma vez na rua e diante de um homem interessante, chame a atenção com trejeitos engraçadinhos e um olhar simpático. Não ofereça a bunda ou os seios logo de cara. Insinue um decote, esbarre os quadris, mexa nos cabelos. Mostre charme e sorria com parcimônia. Evite sustentar os olhares dele para dar tempo a ele de observar seus atributos físicos sem se constranger. Se perceber que ele observa seus glúteos, finja que não viu. Seja discreta o suficiente para que ele a imagine meio sonsinha.

6º passo – LEVE IGNORÂNCIA PLANEJADA

Não demonstre inteligência ou leitura demais. Não diga que sabe escrever ou que pretende a carreira acadêmica e científica. Títulos e honrarias, jamais. Guarde isso para a plataforma do CNPq e ponha-lhe uma senha. Em geral, isso afasta os homens e causa pânico em 20% deles. Prefira assuntos leves, demonstre certa ignorância sobre futebol e Fórmula 1, aquela ignorância engraçadinha. Se ele quiser falar sobre isso, demonstre interesse em aprender. Se estiverem num lugar de boliche ou sinuca, empreenda aquela tática de deixá-lo ensinar você a segurar o taco, atingir as bolas, posicionar-se atrás. Erre muito, erre bastante, pareça uma pessoa sem habilidade motora. Guarde suas habilidades para outros momentos, quando elas serão mais necessárias. Demonstre interesse em jogar truco, mas não grite. Bata palminhas quando ele ganhar o jogo. Não toque em assuntos pesados como política, referendo sobre venda de armas, CPIs, direitos humanos ou literatura contemporânea brasileira.

7º passo – SÓ O PRESENTE EXISTE

Jamais fale dos seus ex-namorados. Homens gostam de ter a ilusão de que são os únicos. Se for possível ainda, faça-o parecer o primeiro. Não dê mostras de pleno conhecimento de certos aspectos da vida sexual. Jamais responda: "já me disseram isso", "é a quarta vez que me falam a mesma coisa", "eu já sabia", ou coisas assim. Se ele perguntar "onde você aprendeu isso?", diga que comprou e leu nosso Manual de Táticas Sexuais só para agradá-lo. Em seguida, para demonstrar certo despreparo, erre a mão, trema, solte, balance para o lado errado, pressione, exagere na força, morda e enrubesça para pedir desculpas. Mesmo que precise agir com controle motor, conforme indicado no passo anterior, não faça de maneira enlouquecedora. Não deixe óbvia a sua expertise. Ceda aos caprichos dele, finja prazer absoluto, diga que tem orgasmos múltiplos, vista-se como ele quiser, alise a linha da coluna dele, de cima para baixo, durante o ato sexual.

Com esses passos, você estará apta a atrair machos saudáveis e razoáveis, pelo menos para fins pouco sofisticados. Caso deseje saber mais sobre ações positivas para alcançar sucesso nos relacionamentos, especialmente nos de curta duração, escreva para nosso e-mail (comoatrair@fairsystem.com) ou solicite palestras pelo telefone na contracapa do livro. Aguarde também nosso segundo manual da série, *Dez Passos para Manter um Casamento, Apesar do Parceiro.*

SEJA UM TELEOPERADOR DE SUCESSO

Ana Paula Maia

Para alcançar uma totalidade de benefícios para si e para os outros ao seu redor, o Operador de Telemarketing precisa deixar fluir o espírito da tolerância e saber que a voz do funcionário é a voz da empresa que ele representa. Essa voz precisa estar carregada de emoções ponderadas, e o foco de ressonância deve ecoar diretamente na mente do cliente.

Para isso ocorrer com eficácia, o Teleoperador deve aprender como ser ofendido e não deixar de sorrir, colocando um sorriso na sua voz, porque o cliente consegue perceber isso pelo telefone. A linguagem corporal também precisa ser lida através do mesmo. Esse nível de percepção extra-sensorial é obtido com exercícios específicos apreendidos num estudo mais avançado. As emoções devem ser trabalhadas e direcionadas para orientar o cliente numa tomada de decisão.

É muito importante para um Teleoperador de sucesso saber como receber um não e agradecer; como transmitir submissão na inflexão correta da voz; como fazer o cliente sentir-se um deus; e, por fim, mesmo sentindo-se um filho-da-puta, estar sempre apto a dizer "sim senhor", "não senhor" no fim de todas as perguntas.

Arregimente suas reservas cerebrais ativando as lembranças que causam paz e tranqüilidade, ou seja, pense em coisas divertidas e prazerosas, como, por exemplo: uma ilha paradisíaca; seu supervisor engasgando-se com seu filé na hora do almoço; sua colega ao lado eletrocutada com o fone de ouvido; pense que tudo isso, de alguma forma, é apenas um trabalho temporário, e de forma alguma pense em seu salário; isso certamente fará com que a sua ressonância vocal acentue-se de forma inadequada, transmitindo intolerância e frustração.

Sempre que ofendido, use essas reservas cerebrais em benefício próprio. Isso proporcionará um alargamento das cordas vocais, suavizará a entonação e a inflexão correta da voz, transmitindo submissão evidente, reverência e paz. Dessa forma, o cliente se sentirá o dono da situação, impondo sua voz, subestimando o Teleoperador e tendo um pouco de prazer em seu dia miserável.

Lembrete importante:

Esse cliente é tão miserável quanto você, e tudo que ele precisa é desabafar suas frustrações de ser humano mediano. Um Teleoperador submisso proporciona dois prazeres a esse cliente: a compra do produto desejado e o poder de fazê-lo sentir-se um rei pisando em seus vassalos. Estudos comprovados por neurocientistas renomados atestam que esse tipo de sensação provocada no cliente em seu dia de ser humano mediano miserável fará com que ele registre a logomarca da empresa na parte de seu cérebro dedicado aos prazeres sórdidos e secretos. Sempre que precisar sentir-se um deus, ele mesmo ligará para o call center da empresa solicitando mais um de seus produtos.

Quando isso ocorre, o Teleoperador atingiu verdadeiramente seu objetivo máximo, revertendo a situação e recebendo ligações dos clientes.

Parabéns, agora você está pronto para a próxima fase de seu treinamento.

"Seja um Supervisor de Telemarketing e não morra engasgado com seu filé."

LIVROS DE AUTO-AJUDA: COMO LARGAR ESTE VÍCIO

André Laurentino

Enquanto caminho pelas ruas, muitas pessoas vêm até mim e perguntam: "Sr. Laurentino, como posso largar o terrível vício de ler livros de auto-ajuda?". Por Deus, como isto acontece!

Observo que, na maioria das vezes, as pessoas tomam contato com estes livros porque são gordas, ou depressivas, ou fracassadas, ou têm casamentos infelizes, ou mexem em queijos. Não são tipos interessantes, acredite. Mas estes são apenas os mais fáceis casos – e não são eles que me abordam na rua.

Pois os viciados em livros de auto-ajuda são aqueles que se enquadram em TODOS os casos acima. Isto é para dizer: são um bando de sangrentos perdedores!!! Ao lerem livro depois de livro para curar tantos e tantos problemas, acabam adquirindo o mais terrível deles. Isto mesmo: o vício da auto-ajuda!

Sim, você está lendo isto. E tanto eu como você sabemos a razão. Parabéns! Você acaba de começar sua cura!!!

Se minhas técnicas estiverem certas – E ELAS ESTÃO, ACREDITE!!! – este será o último livro de auto-ajuda que você lerá em sua inteira vida. Oh, sim. Você já pode ter certeza deste fato. E *ter certeza* é justamente o primeiro passo da minha rotina estruturada, que resolvi chamar de Método Q.U.I.T.®

O Método Q.U.I.T.® — Como fazer?

Q.U.I.T.® consiste em quatro fáceis passos para se livrar do problema, e *qualquer pessoa* de mediana capacidade consegue cumpri-lo. Até mesmo *VOCÊ!* Basta seguir a seqüência do Q.U.I.T.® e certamente você sairá um VENCEDOR!

O acrônimo Q.U.I.T. significa:

Q = *Questione*. Faça a você mesmo a pergunta: "Oh, meu Deus, será que sou viciado em livros de auto-ajuda?" Ponha-se diante do espelho, olhe certo dentro dos seus olhos, e pergunte a você mesmo a questão que vem adiando. Vá em frente! Faça isso em voz alta (tranque a porta do banheiro, se preferir). Não fique embaraçado. Mostre ao espelho de que lado você está!

Coloque seu melhor suíte e pratique pela manhã. FUNCIONA!!!

Dica! Um famoso executivo de Cunningham Drive simplesmente não conseguia vencer a barreira da timidez. Enfrentar-se no espelho era uma excruciante parte do seu dia. Durante uma de nossas conversas, sugeri que começasse gradualmente. Primeiro, ele deveria encarar-se de costas diante do espelho. E então faria a pergunta em voz razoavelmente baixa, mas o suficiente para ser ouvido a quinze jardas de distância. E foi o que David fez. Ora, em pouco tempo David já estava se perguntando a questão até mesmo no espelhinho do dentista!

U = *Entenda*. Uma vez que você já admite o problema, a parte mais dura está feita. Você já começou!!!

Este é o momento de *Entender* o porquê de sua dependência (muitas pessoas acham a palavra *dependência* demasiado forte. Se você chegou até aqui e ainda pensa assim, este exemplar do livro deve estar com defeito. Compre outro e tente novamente.).

Para entender o problema, precisamos entendê-lo. Vejamos: o termo *auto-ajuda* vem da combinação de dois terríveis fatores: auto (ou seja, *você*) + ajuda. Tudo que envolve *você* resume-se a FRACASSO. Principalmente quando *você* resolve ajudar alguém. Principalmente se este alguém é *você* novamente. De uma vez por todas, ENTENDA isto: um fracassado não é a melhor pessoa para ajudar outro fracassado. Pior ainda se eles forem a mesma pessoa. Foi por isso que você comprou este livro. *ELE* é que vai ajudá-lo a se livrar da auto-ajuda!!! Isto não parece brilhante?

I = *Iniba*. Agora estamos no tempo de *inibir* seus impulsos. Evite ler qualquer texto que comece com a palavra COMO. Evite ler qualquer texto com excesso de palavras em *itálico*, sublinhados ou exclamações desnecessárias!!! É simples. Basta seguir esta regrinha de rima fácil: *antes que você faça ui!, procure (before you eek, seek)*. Assim, você vai evitar contato com textos perigosos antes mesmo de lê-los!

Oh, isto é ruim... muito ruim! Conheço uma grande executiva que foi meu mais difícil caso. Connie (vamos chamá-la assim) era tão viciada que a proibi de ler textos de qualquer espécie. Até mesmo bulas de remédio, que são uma vertente científica da auto-ajuda. Mas Connie não conseguia. Para satisfazer o vício, ela chegou a assistir programas evangélicos na TV com o *closed caption* ligado!!! Hoje, depois de muito duro trabalho, Connie é minha assistente feliz e faz milhares de dólares ao ano.

T = *Extermine*. Esta é a parte mais triste do método Q.U.I.T.®. É a nossa época de dizer *adeus*. Se você achou o fim algo abrupto, ainda não está pronto. Compre outro exemplar e volte ao passo *Q*. Mas se está realmente curado, você deve ser capaz de lançar este livro ao lixo. E assim partiremos um do outro, para nunca mais nos vermos. Se você for capaz de fazer isto agora, parabéns! *VOCÊ CONSEGUIU!* Mas não o faça antes deste último conselho:

Último conselho! Compre e tenha sempre à mão o meu segundo livro: **Como livrar-se de uma recaída**. Por apenas US$ 45,99. Não saia de casa sem ele. Até lá!

USE SEMPRE A CAMISINHA

André Sant'Anna

Faça sexo, muito sexo, sexo sempre. Mas use sempre a camisinha.

Faça sexo de tudo quanto é jeito: sexo oral, sexo anal, sexo grupal, ménage à trois etc. Mas use sempre a camisinha.

Empurre sua parceira na cama, usando um pouquinho de violência. Mulheres gostam de ser dominadas por um macho audaz e viril. Depois, xingue sua parceira. Mulheres gostam de ser maltratadas. Meta tudo, com força, e goze. Mas use sempre a camisinha.

Se você é viado, mas um viado sem frescura, sem nhenhenhém, experimente ser penetrado pelo antebraço de outro viado macho. Mas use sempre a camisinha.

Bata, apanhe. Mas use sempre a camisinha.

Bata no seu filho sempre que ele lhe desobedecer, sempre que ele fizer algo que seja errado. Criança só aprende assim. Mantenha o controle sobre o seu filho, sempre, com muita disciplina. Mas use sempre a camisinha.

Se você é forte, bata. Se você é fraco, apanhe. São apenas os dois lados da mesma moeda. Mas use sempre a camisinha.

É isso mesmo que você entendeu: pratique o sadomasoquismo. Mas use sempre a camisinha.

Não dê mole para essa molecada marginal. Se eles, os moleques, têm idade para roubar, para estuprar, para vender maconha, eles também têm idade para tomar umas porradas na FEBEM, para pegar uma cadeia. Você está no seu direito de reagir contra esses moleques bandidinhos. Mas use sempre a camisinha.

Exceda os limites de velocidade, não respeite a faixa de pedestres, nem os semáforos. Se você é motorista de ônibus ou caminhão, passe por cima dos menores, dos mais fracos. Qualquer coisa, suborne o guarda. Mas use sempre a camisinha.

Extermine apaches, sioux, comanches, tupis e guaranis. Extermine astecas, incas e maias. Extermine coreanos, vietnamitas, paquistaneses, iraquianos, iranianos e cubanos. Mas use sempre a camisinha.

Suborne e seja subornado. Mas use sempre a camisinha.

Minta, sempre usando a camisinha.

Faça seu banco bater todos os recordes de lucratividade em todos os tempos e não aumente o número de funcionários. Mas use sempre a camisinha.

Incentive o tráfico de drogas, forneça mais armas à polícia e menos saneamento básico às favelas, colocando a culpa de tudo nos consumidores de maconha. Mas use a camisinha.

Cobre CPMF para ajudar a melhorar a saúde pública e o atendimento hospitalar às camadas mais pobres da população e não melhore a saúde pública e o atendimento hospitalar às camadas mais pobres da população, usando o dinheiro arrecadado para financiar campanhas eleitorais. Mas use sempre a camisinha.

Use o veículo de imprensa, no qual você escreve, para puxar o saco dos amigos do seu patrão e ridicularizar as pessoas das quais o seu patrão tem inveja. Mas use sempre a camisinha.

Vá se foder. Mas use sempre a camisinha.

COMO GANHAR UM JABUTI

Andréa del Fuego

Tenho um Jabuti na estante, e você?

Sou lidíssima, só de passar o olho na primeira frase sei que o leitor me reconhece, prazer, Úrsula Pontes. Autora de 'Quem chegar, chegou', entre outros. Não faço auto-ajuda nem literatura, faço auto-literatura ou alta-ajuda. O que confunde no começo, enche meu bolso depois.

O que digo aqui não serve só para iniciantes, engano seu. Aqueles que já têm Jabuti, prestem atenção, a batalha nunca está ganha.

Pra começar, saiba que o círculo literário é um maço de cigarros, cabe na bolsa.

Em festas literárias ou simples cerveja com autores, sorria sempre, e muito. Está desgastada a imagem do escritor introspectivo. Deixe a boca aberta e vire a cabeça de um lado para outro aumentando o raio de alcance. Indica segurança em todas as instâncias: seguro, se a crítica tirou sua pele; seguro, se não vendeu livro algum; seguro, se nem livro publicou ainda. Refiro-me aos inéditos porque são os que mais querem um prêmio literário, os veteranos fingem que não.

Importante: boca aberta só para sorrir, cuidado com o que fala.

Quando estiver numa roda de escritores amigos, fale apenas o necessário, não vá discordando. Eles bebem juntos para brindar, não atrapalhe. Não cante escritoras casadas nem escritores enrolados, eles são confusos e vão te evitar depois.

Pega bem não ir a todos os eventos; de vez em quando, não vá.

Não tem putaria na literatura, é um mito, o troço é parado. No máximo um ou outro atende por fora, um ou outro (com Jabuti) lancha uma atriz, um ou outro editor come uma poeta, uma ou outra tradutora dá para o Jabuti categoria capa. Nada mais besta que a vida sexual dos escritores. Para uma vida sexual movimentada, procure os dentistas.

Em pouco tempo perguntarão sobre sua vida, não minta, omita. Imagine braços amputados quando perguntarem sobre a fase de criação, nesse momento é preciso densidade, uma tristeza.

Não passe dos oitenta quilos, não deixe pensar que é ansioso. Se for mulher, não passe a idéia de que a bunda caiu e use meias kendall. Não tem a ver, mas tem. Enquanto a presença do livro não é maciça, ao menos faça agradável sua presença física.

Não seja fashionable, indica temporalidade — ou então, faça crônicas.

Ah, sim, ia esquecendo dos sites. Os sites literários de nada adiantam se você não se envolve com os participantes. Você precisa cavar cumplicidade no meio. Não se envolva em fofocas. Elas favorecem a pulverização dos nomes, mas podem te prejudicar. Ninguém quer ser teu amigo, o que eles querem é mais um elo na corrente literária. Finja-se de elo e não passe adiante que fulano magoou sicrano atrás da tenda dos livros na quermesse literária. Caso presencie beltrano perdendo a dignidade, esqueça o que viu.

Importante: livre-se dos poetas, mesmo que você seja um. Num lançamento — perceba a importância dos lançamentos — não dê corda para poetas. Eles falam o que deixam de escrever, são prosadores falantes ao vivo, dizem frases soltas, e não te largam. Tente não olhar nos olhos deles, não crie laço. Com um poeta ao lado, você corre o risco de não conhecer mais ninguém.

Quem são as pessoas interessantes num lançamento? Na chegada, todos. Cumprimente-os com a técnica do sorriso e não beba o vinho branco. Com o tempo você pode tomar vinho branco, mas é preciso já ter livro publicado. Com dois livros, você pode tomar dois copos. Com três, três. Com quatro, você não precisa mais ir aos lançamentos. Repare quantos autores consagrados freqüentam lançamentos. Só vão aos deles.

Lobby é cafona, mas funciona. Os caras já esperam o assédio, o bilu-bilu tetéia. Seja fino, lobby tem efeito quando não se pode percebê-lo. Nada de convidar um editor para uma leitura com violão em seu prédio. Eles detestam e vão marcar sua cara. Não dê originais em bares, eles esquecem lá.

Quando algum autor se dispuser a ler seu original, não acredite. Ele está apenas sendo agradável, o escritor acredita que é importante, ele é simpático por vaidade. Vai ler e fugir de você nos próximos lançamentos, isso se o texto for ruim; se for bom, não vai te desejar um Jabuti.

Para autores inéditos, sugiro lançamentos toda semana. Para os com até três livros publicados, indico saraus em casa de escritor. Para quem passou dos seis livros, fique em casa para valorizar a presença.

Sim, não falamos dos livros, mas isso é com você, meu amor, não comigo.

Para mais, leia minha obra, disseque minha vida, me glorifique e não se arrependerá. Conheço um cara que pode te ajudar.

COMO A CLASSE MÉDIA DEVE TRATAR OS RICOS NO BRASIL

Antonia Pellegrino

*Andando com ricos talvez você não enriqueça,
mas andando com pobres a pobreza é certa.*
Autor Desconhecido

Abaixe sempre a cabeça e diga amém. Não esboce nenhuma reação de surpresa quando eles te disserem, *en passant,* que nunca andaram de ônibus. Apenas sorria e comente como é curioso ver a paisagem de cima. Sejamos cordiais com aqueles que talvez um dia possam estender a mão em nosso favor.

Acredite com todas as forças que temos uma elite acima de nós, e não membros de uma oligarquia. Eles são poucos, mas são bons. Estimulam a educação com centros culturais patrocinados, fazem filmes com captação de recursos, promovem a disseminação de informações nobres com isenção fiscal. Eles nos ensinam que o Brasil não é mais um país de exploração, e ajudam-nos a sermos as pessoas modernas que hoje somos. Estamos *on line full time,* antenados, de olho nas tendências, somos parte de uma sociedade moderna e democrática — elegemos até um torneiro mecânico à Presidência! Esqueça aquele papo de capitanias hereditárias, república das bananas, país agrário, celeiro do mundo, tudo isso é passado.

Hoje nós já não nos diferenciamos deles, o parcelamento sem juros torna todo mundo igual — alguns com mais Dior, outros com menos. O importante é ser admirado. Por isso, se você for um artista reconhecido pelo seu talento, poderá conseguir um lugar à mesa — certa improdutividade pega bem. Mas, se você for um artista sem talento e reconhecido pela mídia, ainda assim estará no páreo — a vulgaridade não é monopólio da pobreza.

Aceite os convites. Viaje, passeie, vá ao Country Club tomar um drinque ao entardecer, ande de carro blindado, voe de helicóptero. Não pergunte nem critique. Circule. Curta a possibilidade embriagante de esquecer quem você é. Oblitere aquela conversinha mole, coisa de gente preguiçosa, de que no Brasil existem basicamente duas chances de enriquecer, nascendo ou casando. Numa reunião social na Vieira Souto, discorra com naturalidade sobre assuntos como cartão de crédito sem limite. Se você sentir uma ponta de inveja, abafe o caso, guarde no coração a certeza de que a inveja não vai te levar a lugar nenhum. Aprenda as regras do jogo. Tenha objetividade, foco e tenacidade. Não beba muito, não coma demais nem fale sem pensar. Sobretudo, não relaxe. Entretenha com moderação. Evite manter-se no centro das atenções por muito tempo. Escutando se vai longe. Fique no salto. Estão todos de olho em cada um dos seus pequenos movimentos.

Por outro lado, não se torne inautêntico. Assim você vai rodar bonito. Discorde na superfície das coisas. Lance teses absurdas, engraçadas. Faça coisas fora do esquadro, mas nunca agrida. Diga coisas surpreendentes, mas respeite os tabus — jamais comente sobre remessas ilegais de dinheiro, origem de fortuna, luta de classes. Conserve-se. A revolta não vai te levar a nada. Seja médio, mas não um arruaceiro.

Não ria descontroladamente quando, numa exibição particular de um filme sobre o Antigo Regime, figuras patéticas como a dos *Valet de Chambres* lhe causarem desconforto. Tenha sempre em mente, das lições de Maquiavel, aquela que nos ensina a entrarmos num conflito somente quando possuirmos a certeza de que nosso exército é quatro vezes mais forte que o do oponente. Portanto, não há razão para embates. Aceite de bom grado, patrão é patrão — são todos amigos de infância. Por mais que, romanticamente, você tenha achado muito bacana aquele estudante chinês na praça da Paz Celestial, ninguém mais quer enfrentar tanques sozinho. Por isso, adule. Chaleirá-los é a possibilidade de, sem representar nada no PIB, dando zero de IBOPE, você tentar conseguir aquele lugar no jatinho quando a favela descer — no Rio de Janeiro é certo. Trata-se de uma questão de sobrevivência, não de subserviência.

Tenha seu tarja preta à mão quando, de volta ao mundo real, você conferir o extrato bancário e se lembrar de quem é: um coitado de cinco, seis ou até mesmo sete dígitos — se é que você não está devendo. Para se reconfortar, pense que, um dia, um sujeito às margens plácidas das águas de Angra dos Reis bradou que não existe homem rico nem pobre, mas homem corajoso — o máximo que ele conseguiu foi uma risadinha sarcástica de um ministro das comunicações que entrava em sua superlancha.

MAMA, NENÊ

Antonio Prata

Auto-ajuda pra mim é cachaça, o resto é conversa fiada. Tá bom: yoga, psicanálise, ikebana e danças de salão podem nos ajudar a entrar em harmonia com nosso próprio eu, nos tornarmos seres humanos mais evoluídos e blablabá, mas quando o pé amado toca a incauta bunda, neguinho não vai sentar-se em flor de lótus, escarafunchar seu processo edípico, podar a samambaia e nem, com o perdão do poeta, dançar um tango argentino: vai é manguaçar.

É só ali, já mais perto da última dose que da primeira, limados os graves e agudos — naquela quarta dimensão etílica: nem dentro nem fora de nós mesmos —, que podemos respirar aliviados, encher o peito e dizer que aquela ingrata não vale nada, que nós somos maiores que isso e que a vida, meu amigo, a vida é uma coisa assim, a vida é assim uma coisa... Enfim, uma coisa dessas que a gente diz sobre a vida quando está bêbado.

Se nas avalanches emocionais o nosso amigo álcool aparece como um São Bernardo salvador, em nossos projetos mais ousados ele surge como um cão guia, um labrador a nos indicar os caminhos para além do labirinto de nossas inibições. Em outras palavras: sem o álcool eu seria virgem até hoje. Em plena adolescência, ficar pelado, diante de uma menina, sóbrio? Nem pensar. Só um psicopata seria capaz de tamanha frieza.

O que mais lastimo é que os chopes só tenham vindo transformar asfalto em edredom quando eu já era quase um adulto. Como é que na infância, a fase mais hardcore da vida, só havia groselha, Fanta-uva e Toddynho em meu copo? Ah, se na quarta série eu conhecesse as benesses do álcool, Joana, tudo teria sido diferente!

Lembra quando te pedi em namoro numa cartinha? Você disse não. Mas é claro! Que passo desastrado, mandar uma carta a alguém que você nunca beijou na boca perguntando uma coisa dessas. Só um ser humano completamente sóbrio cometeria tamanha patacoada. Se ao invés do bilhete tivesse te convidado pra tomar um chope na cantina, te contasse aquela piada de português que meu tio Aristides tinha me ensinado, te mostrado habilmente como fazer uma boca de lobo incrementada, um aviãozinho que dava looping, quem sabe, Joana, eu e você, na quarta série, hem?

Bem, se eu havia sobrevivido ao primeiro dia de aula da primeira série, a seco, não seria na quarta que a coisa iria degringolar. Lembro bem daquele dia. Eu havia passado dos dois aos seis numa outra escola. A vida toda, portanto. Não conhecia ninguém ali. Era praticamente um exilado político brasileiro chegando na Suécia. Imagina só se tivéssemos todos tomado um uisquinho antes? Chegaríamos confiantes, sorridentes, sem nem nos preocuparmos se seríamos aceitos ou se já na segunda aula ganharíamos para sempre o apelido de Dumbo, Gordo, Anão... E se durante o recreio — aquele climão de banho de sol em penitenciária —, em vez de comermos Cebolitos, ensimesmados em nossas timidezes, tomássemos um vinho em canequinhas da Turma da Mônica, em torno da cantina? O entrosamento seria tão mais fácil. (A educação física ficaria comprometida, mas quem liga para polichinelos diante da concórdia universal?)

A dura jornada tinha na volta na perua seu gran finale. Depois de cinco horas estudando aquelas coisas chatas, uma hora e meia de trânsito, buzina, estresse. Se nossas mamães pusessem uma garrafa térmica na lancheira, com caipirinha, essas longas jornadas noite adentro seriam inesquecíveis happy hours, road movies infantis. E nós todos ali dentro, pequenos Kerouacs e Dennis Hoppers mirins, cruzaríamos a cidade a cantar a plenos pulmões os últimos sucessos do Balão Mágico, Menudo e Trem da Alegria, alheios ao resto do mundo.

Se na escola já era difícil, imagina aos dois anos, quando você se deu conta, desesperado, que a mulher da sua vida tinha outro? Que aquela falsa te alimentou falsas esperanças enquanto acostava-se com outro toda noite e, pior, esse outro era seu próprio pai! Ah, nesse momento o maternal deveria ser um PUB esfumaçado cheio de pobres-diabos dilacerados diante desse protocorno incurável — essa ferida cuja ilusão da cura nos atirará em todas as maiores roubadas de nossas vidas dali pra frente, do jardim dois até a cova. Aguardente na mamadeira era o mínimo que eu esperava diante dessa hecatombe emocional e, no entanto, só nos ofertaram hipogloss, nana nenê e leite morno. Como são cruéis esses adultos.

De todos os momentos trágicos da vida, se pudesse escolher um, somente um, para receber o afago etílico em minh'alma, seria obviamente o nascimento. Nós estávamos no quentinho, boiando, recebendo comida na barriga, numa eterna soneca de manhã chuvosa de domingo, quando veio aquele aperto, aquele barulho, aquela luz terrível e o frio, meu Deus, que frio. Nesse momento um ser humano sensato deveria ter me olhado nos olhos, percebido o profundo desamparo e, clemente, dado uma talagada duma aguardente qualquer e dito: bebe, criança, bebe que a vida é dura, bebe que a vida é longa e não tem mesmo o que fazer. Mas não, me viraram de ponta-cabeça, me deram um tapa na bunda e ficaram me vendo chorar, sorrindo. Depois de um começo assim a gente pensa o quê? Que vai resolver na análise? Na yoga? Fazendo arranjo de flores? Dançando chá-chá-chá? Não, meu irmão: auto-ajuda pra mim é cachaça, o resto é conversa-fiada.

SÉRIE PRIMEIROS PASSOS

Beatriz Bracher

Primeiro passo para:

• passar de ano, escrever uma tese, conseguir emprego, casar-se, separar-se, pintar o cabelo, ter filhos, matar-se, cuidar do jardim, lavar a roupa suja, comprar uma tesourinha de unhas nova...
— desejar passar de ano, escrever uma tese, conseguir um emprego, casar-se, separar-se, pintar o cabelo, ter filhos, matar-se, cuidar do jardim, lavar a roupa suja, comprar uma tesourinha de unhas nova...

• tornar-se um herói
— criar um inimigo coletivo e falível

• tornar-se vítima
— adicionar poder e alcance ao seu inimigo

• tornar-se mártir
— acrescentar violência ao adversário e cutucá-lo com a vara curta

- adaptar-se a uma nova cidade de uma maneira torta
— ironizar as diferenças da nova morada em relação à antiga

- adaptar-se a uma nova cidade de forma estrangeira
— achar fofas, graciosas, divertidas, imensamente típicas as diferenças da nova morada em relação à antiga

- adaptar-se a uma nova cidade de forma não necessariamente feliz nem triste, mas irremediável
— queimar os navios

- viver
— nascer

- morrer
— nascer

- sobreviver
— conseguir algum afeto por si, fora de si, que se sustente mesmo quando o seu próprio afeto por si e pelo outro desaparecer

- deixar de fazer o planejado (dieta, estudo, trabalho etc.)
— dizer, ou pensar, "eu mereço"

- dar o primeiro passo
— não sei, e, de qualquer maneira, conseguir dar o primeiro passo não é nenhuma garantia de que você será capaz de dar o segundo.

COMO PROCURAR TREZENTOS ESPETOS DE PICANHA DESAPARECIDOS

Cíntia Moscovich

A história que se segue pode lhe ajudar, e muito, principalmente se você tem um irmão casado. Muito mais será útil se esse irmão desaparece às nove da noite de um dia da semana. E será de excepcional valia se o irmão pesar o equivalente a 300 espetos de picanha — considerando que cada espeto de picanha pesa 500 gramas.

No caso que me toca, telefona minha cunhada, casada com o dito irmão. Pânico: o irmão não tinha chegado em casa até aquela hora, nada de celular, ninguém viu. Um agravante: ele nunca se atrasa para a janta.

Regra 1: quando a cunhada telefona nervosa, mande ela tomar banho — não por vingança, mas pra ela se acalmar.

Foi o que fiz. Eu ia atrás do irmão sumido.

Trezentos espetos de picanha andavam perdidos pela cidade. O caso era onde eu, a imbecil, procuraria as picanhas compactadas num homem de quase dois metros de altura por dois de largura?

E se eu ligasse de novo para o celular dele?

Regra 2: esqueça o celular. Só o seu funciona, e quando você está muito ocupado para atender.

Enquanto eu penso que o irmão pode ter sido seqüestrado (pouco provável: irmão gordo ao menos poupa o trabalho de pensar nessa hipótese. E se a gente quisesse muuuuuuuuito ele de volta, com que grana ia pagar o resgate?), vítima de assalto (mais a ver: pistola desconhece tamanho) ou metido em acidente de trânsito (mais provável), penso como e pra quem telefonar. Pronto-socorro. Lá é que vão mortos e feridos.

Regra 3: a lista telefônica está sempre desatualizada. Vá para o Google, direto e sem escalas.

Enquanto isso, a gata, Cida, que mora em casa há vários anos, e o cachorro, Pipoca, que é recém-chegado, resolvem entrar, ao mesmo tempo, no gabinete em que trabalho. Os dois querem o fígado um do outro: Cida sopra e estapeia Pipoca.

Regra 4: se você quer criar gatos e cachorros na mesma casa, saiba que vai formar um zoológico. A começar por você, que só pode ser uma anta.

Tento apartar e levo uma mordida na mão. Dói pra burro. Berro socorro pro marido, que trabalha em outra peça da casa.

Regra 5: não adianta pedir socorro para o cônjuge. Só vai aumentar a fama de maluquice. Use a regra a seu favor, quando for você o cônjuge chamado.

Enrolo o dedo ferido com uma folha de jornal e, numa consulta de meio segundo, consigo o telefone do pronto-socorro. A gata pula da poltrona para o chão; o cachorro tenta pular na poltrona, não consegue e pula em cima de mim. Atendem no pronto-socorro. Enquanto o cachorro balança o rabo no meu nariz, pergunto se deu entrada um fulano com nome tal. A mocinha que me atende pede um momentinho, vai estar procurando no sistema.

Regra 6: não se irrite. O sistema vai estar lento e ela vai estar falando desse jeito moderno.

A tal menina moderna voltou: não, ninguém com aquele nome. Daí me dou conta: e se roubaram os documentos dele? A moderna esclarece que daí o cidadão entra como indigente. Peço, então, pra ver se entrou um indigente com as características tais e tais. Quando ela pára de rir, diz que meu irmão não deu entrada, se entrasse alguém parecido todo o hospital ficaria sabendo.

Regra 7: calma: não seja malcriada com a infeliz. Existem mais hospitais de urgência na cidade. Vá de novo para o Google.

Nova menina. Reprise do diálogo acima. A criatura, depois de parar de rir, diz pra eu estar ligando para a sede da polícia. Ela mesmo me dá o número.

Cida e Pipoca continuam se estapeando – o cãozinho, que desceu de meu colo, descobriu que late. Marido chega e pergunta o que está acontecendo. Antes de eu responder, o telefone toca. Cida se assusta com o toque do telefone e pula para cima de Pipoca – uma berraçada. Marido vai atender o telefone e pega o rabo da gata. Enquanto marido, gata e cão brigam, ligo pra polícia.

Regra 8: se ligar para a polícia e o telefone não estiver ocupado, ache tudo muito estranho.

Um funcionário diz que não tem como saber de meu irmão. Vai estar me botando no ramal da assessoria jurídica da polícia, pode ser que ele tenha sido preso. Preso? Marido sai, tem que fazer as coisas dele, deixa gata e cachorro. Alguém atende. Pergunto pelo irmão. O funcionário tranqüiliza: "Olha, ele não está detido." E já vai elucidando: "Só damos por desaparecido o elemento que não é encontrado em 24 horas. Antes, nem adianta dar queixa." E me passa o número do departamento de trânsito. O marido volta e pega Pipoca no colo. Não sabe o que fazer com o cachorro.

Regra 9: em situações de pânico, deixe que o marido se distraia pensando onde colocar o cachorro.

Uma voz feminina atende. O irmão sumido não está envolvido em nenhum acidente. Comenta que é muito comum o desaparecimento de homens. "Vai ver seu irmão está com uma namorada. Vamos torcer para isso, que é a melhor hipótese. As outras, nem é bom pensar."

Regra 10: acostume-se com a idéia de que você é uma ilha, sim.

Tenho um ataque de nervos, ponho a correr marido, gata e cachorro. Choro baldes de lágrimas e volto ao trabalho.

Regra 11: se alguém de sua família sumir, ele vai ser encontrado num boteco, com um amigão, se empanturrando de lingüiça calabresa e tomando cerveja. Nem precisa ser gordo. A bateria do celular vai ter acabado. Só isso.

O telefone toca. É o irmão sumido, que, chegando meio bebum em casa, acaba de levar uma senhora bronca da mulher.

Regra 12: nunca acredite em gordo que diz que não come nada. E nunca pense no pior, porque o pior nunca avisa quando vai chegar.

Regra 13, a que vale ouro: evite perder tempo fazendo gracinhas. O único cara que pode se dar bem nesse negócio é o Luis Fernando Verissimo e outros, poucos, igualmente abençoados.

COMO SER UM PERFEITO IDIOTA¹

(Ou: A arte cavalheiresca de tornar-se um mentecapto, energúmeno, estulto, obtuso, insensato etc. etc. Ou ainda: como fazer sucesso, angariar amigos e influenciar pessoas)

Claudio Daniel

I – Prolegômenos

Caríssimo leitor: se você abriu este breve opúsculo, com certeza é um idiota, mas não um *perfeito idiota*, qualidade que não é intrínseca a qualquer bípede falante, seja ele canhoto, destro ou ambidestro, vegetariano, carnívoro ou onívoro (ou quiçá nenhuma das categorias citadas). Para um boçal comum entre os boçais elevar-se à sublime estultice, é necessária a correta educação sentimental, e ainda um constante e contínuo refinamento do espírito. Neste pequeno tratado em oito tópicos, apresentamos um método aos insensatos de firme determinação, que sem tibieza se propõem a obter a láurea lapidar da mais perfeita imbecilidade.

II – Da origem da estultice

No tempo da Dinastia T'ang, ou talvez em época mais remota, como o Império Assírio, ou quem sabe durante as invasões mouras na Europa (os almorávidas vieram antes dos abássidas? Os berberes são posteriores aos fenícios? Os etruscos são contemporâneos dos hititas? Desculpem, nunca fui discípulo assíduo das lições de História, ministradas pelo padre Gualberto no saudoso liceu; sou apenas um parvo a conversar com parvos). Enfim, faz tempo pra caralho que a civilização assistiu ao surgimento de nosso amigo, o ilustre cavalheiro Senhor Rematado Idiota. Conforme relata o historiador romano Tácito, em seus *Anais* (obra que se refere a fatos ocorridos na pátria de Rômulo e Remo, não sendo manual licencioso sobre a arte de dar o cu), o idiota ocupava altos cargos na corte dos Césares; havia idiotas no senado, no sacerdócio, no generalato, nas administrações provinciais; podemos afirmar, sem titubeio, que os idiotas estavam presentes em todas as esferas da vida social. Qual é a origem da estultice é cousa que não sabemos, nem temos a tenção de descobrir, por não ser o escopo do presente libelo; quem quiser descobrir essa misteriosa gênese, que o faça após investigar de onde vêm os ventos, se Deus tem nariz ou se Lucrécia envenenou de fato César Bórgia, após manter com ele coito incestuoso.

III — Dos méritos e deméritos da estultice

Reuben, o Calvo, como era conhecido na corte islandesa, foi emérito colecionador de favores femininos; segundo contam os cronistas da época, ele teria sodomizado a irmã mais nova de preclaro arcebispo, a irmã mais velha, a irmã do meio e por fim o próprio arcebispo (versão anotada no pergaminho de Johnny, o Guitarrista, irmão de Xandy, a Vocalista). Registram também as crônicas da corte que Reuben, o Calvo era ágrafo, doudo, desmiolado; que possuía pé chato, mau hálito e nunca compreendeu os quatro pontos cardeais, motivo pelo qual jamais voltou de solitária aventura marítima em busca de ouro nas Índias (ou de especiarias na América, ou de animais silvestres no Pólo Norte, não se sabe ao certo, já que Reuben, o Calvo não era muito bom em Geografia). Seu irmão Douglas, o Ordinário não perdeu tempo com arriscadas expedições, dedicando-se ao ofício não menos nobre de administrar viúvas e impostos reais.

IV – Da natureza geral dos obtusos

Alexandre Esquadra, como se sabe, jamais leu um só tratado de metafísica, e por certo ignora o sentido de um oxímoro ou metonímia (que não significa meter na Nímia, jovem donzela que seria promissora casadoira, não fosse a lepra que contraiu numa viagem às Ilhas Molucas, em 1997). Xaxa Mescalina, é plausível supor, desconhece por completo a semiótica (que não é um estágio intermediário, parcial ou inconcluso de um pensamento ótico ou idiótico). Não seria inconcebível concluir que João Antão jamais esteve presente a uma representação d'*O Anel dos Niebelungos,* de Richard Wagner, no teatro de Bayreuth, ciclo operístico que como sabem os eruditos é a quintessência do drama musical teutônico. Por fim, para não maçarmos os que são pouco afeitos à prática regular da leitura, alguém já viu Sabrina Sapo discutindo a estética do expressionismo alemão ou divergindo da crítica literária de matriz sociologizante (inaceitável para os adeptos do formalismo de Jakobson)? Como diria um célebre boxeador amante de uma célebre e gostosa top model que o deixou por um célebre e milionário cantor de rock, "estou pouco me fodendo com isso".[2]

V – Uma fábula notável

Certa fábula taoísta ouvida por um missionário cristão em Xangai, em 1857, diz o seguinte: "Yuen Hou ganhou um filho varão no ano do Burro de Pedra, após rezar por nove anos à deusa da fertilidade. Feliz da vida, convidou toda a aldeia para um jantar de celebração do memorável nascimento. Cada convidado que chegava a sua modesta mansarda trazia doces, amuletos, vinho de arroz e fazia votos de sucesso para o recém-nascido. Ao chegar Wang Wu, um primo distante da província de Chou, este saudou os pais com reverência, e em seguida fez o seguinte voto: 'Desejo que ele seja dotado da mais completa imbecilidade. Desse modo, poderá se tornar ministro de Estado ou até mesmo rei'." (Este relato foi publicado em 1957 nos *Anais da Sabedoria Chinesa*, livro que não aborda, evidentemente, a prática da sodomia, e sim a milenar filosofia do Oriente.)

VI – Conclusões prévias sobre o perfeito idiota

Nicolau Maquiavel, em seu tratado *O Príncipe*, quis ensinar nobres boçais e brucutus a governarem com mão-de-ferro o povo burro e besta, com exemplos pinçados da história antiga (de Alexandre, o Pedófilo a Túlio, o Pederasta). Método similar foi operado por Montaigne (com outro escopo, digamo-lo aqui) em seus *Ensaios*, onde a conclusão final é que filosofar é o aprendizado da morte (logo, o último barato é ir numa boa para a terra dos pés juntos). Com efeito, não precisamos da argúcia e erudição dos próceres da *Philosophia* para deduzirmos que os perfeitos idiotas sempre se dão bem na vida: alcançam o poder, a fama, a riqueza e trepam com quem desejam, princesas ou bombeiros, viscondes ou arcebispos, atrizes ou meretrizes, biólogos marinhos ou vendedores de apólices de seguros. Trepam entre si, inclusive, gerando cantores sertanejos e pagodeiros de indubitável estima popular (o povo é uma besta quadrada, como ensinava o douto Maquiavel, citado no prólogo do presente tópico). Pois este é o destino do perfeito idiota: ser admirado, invejado, caluniado, elogiado e chupado pelo tamanho do bíceps ou da bunda, entre outros atributos pessoais intransferíveis.[3]

VII – Conclusões finais sobre o perfeito idiota

Ao final deste pequeno tratado, a dúvida metódica invocada por Descartes em suas *Meditações Metafísicas* nos obriga a resolver a imprescindível questão: é possível alguém se tornar um perfeito idiota por simples vontade e esforço, ou essa condição especial é dada pelo nascimento, herança, matrimônio, meretrício ou por uma peculiar mutação do código genético? A resposta a tão intrigante dilema, só comparável ao enigma proposto a Édipo pela Esfinge, sem dúvida irá confirmar — ou contradizer — o propósito inteiro desta monografia, grave porém singela. O que nos faz recordar, de maneira inevitável, outras situações deveras angustiantes: o que pensava Prometeu enquanto tinha seu fígado devorado pelo abutre? O que pensava o abutre enquanto devorava o fígado de Prometeu? Quem venceu a corrida, a tartaruga ou o coelho? Por que o escorpião enfiou suas presas no casco da tartaruga? (Ou terá sido no traseiro do coelho?) Após tais sutis divagações, retornamos enfim ao nosso tema, convencidos de que a imbecilidade pode ser inata ou adquirida, contemplando-se assim os dois subgrupos em que se divide esta singular espécie: a) aqueles que são imbecis por sangue e genealogia; e b) aqueles que se tornam mentecaptos por empenho.

VIII — Cinco lições para ser um completo energúmeno

Após ler as considerações preliminares deste tratado, o leitor sagaz já deve ter concluído que é necessário um método rigoroso para fazer de um simples idiota um requintado imbecil. O que propomos aqui, para a consideração de sua inteligência (ou melhor, para a falta dela), é apenas um roteiro com indicações seguras e comprovadas de como se embrutecer; como cada parvo tem suas características peculiares, pode ser que a grama boa para alguns não o seja para outros; porém, sendo raras tais especificidades, deixamos aqui o nosso método, para proveito e deleite dos que têm pequeno o cérebro e apertado o coração.

1. Sempre que mover o pé esquerdo (ou o direito, tanto faz) para fora da cama, diga: "Sou um mentecapto, energúmeno, ignaro, estulto, imbecil." Caso tenha dificuldade em memorizar ou pronunciar estas palavras, será sinal de progresso.

2. Ouça um CD de sua dupla sertaneja favorita; anote num caderno todas as palavras diferentes de "rodeio", "amor", "beijo", "peão", "peito" e "para mim" que você ouvir em cada canção. Depois, some as palavras anotadas. Se você perder a conta ou confundir-se, estará no correto caminho da imbecilidade.

3. Leia um livro de Paulo Raposo, Paulo Bozonofe ou Paulo Ratus. Se você não passar da primeira página, repita a experiência com *Grande Sertão: Veredas*. Se o resultado for o mesmo, você não correrá o risco de perder tempo com leitura; por outro lado, não conhecerá o fascinante método prescrito neste tratado.

4. Assista a seu programa de auditório predileto e no final tente se lembrar dos nomes de quatro personagens da história universal. Repita a experiência ao longo de um mês e anote os resultados em seu caderno, se não o tiver perdido (nesse caso, você venceu o concurso "Meu nome é estultice").

5. Por fim, lembre-se de que não basta *ser* um completo idiota; é preciso *parecer* um rematado imbecil. O estilo é o que faz toda a semelhança, como dizia Lucianta Jiménez (ou terá sido Adriana Galinheiro?).

Se após seguir este método durante cinco anos você não se converter num perfeito idiota, desista. Faça os exames vestibulares e tente uma vaga na Sociologia da USP (se outros idiotas normais conseguiram passar nas provas, por que você não?).

NOTAS NADA EXEMPLARES

1. Este ensaio *philosophico* é dedicado ao mui sapiente e ilustre mestre Sebastunes Nião que, como sabem os doutos, os doudos e os visigodos, é o maior especialista, em terras pátrias, na fascinante disciplina da geologia moral do *philisteus vulgaris*, conhecido também como mala-sem-alça, tosco, bocó, boko-moko ou simplesmente escroto.

2. Convém recordar o fato de que certo ilustre beletrista mineiro nunca entendeu a diferença entre um simples penico e o urinol de Marcel Duchamp (e tampouco compreendeu a dessemelhança entre o bigode na Mona Lisa e nas fauces da *drag queen*).

3. ... *entre outros atributos pessoais intransferíveis*, porém modificáveis pela cirurgia plástica periódica, temporadas no *spa*, dietas prescritas na revista *Nova*, o guia da mulher moderna, e exercícios de ginástica aeróbica (de preferência com um *personal trainer*).

DA NECESSIDADE DO USUFRUTO DA BOCETA

Fernando Bonassi

Aí está você diante dela, escancarada e ao mesmo tempo reservada em suas carnes inchadas de desejo. Parecem fechadas nesse ensejo, mas é apenas um disfarce. Querem só apresentar-se, verem-se agradadas e trabalhadas pela experiência diligente de um artista consciente das possibilidades dessa felicidade barata.

Nada deve ser mais caro para aquele que se debruça e se ajoelha em louvor diante desta gruta do que o valor de uma fruta que a natureza demorou milênios para esculpir com mil demãos de peles mijadas.

Pelo jeito você está sedento dessas águas viciadas diante do cálice consagrado à reprodução...

— É uma boceta!

Dir-se-ia como um palavrão, mas a boca está cheia de saliva da satisfação. Você nem começou a se fartar, mas já é uma promessa de flanar o que essa paisagem expressa. Você vai circular para observar a peça (devagar... a pressa é inimiga da felação). Mesmo peladas das artimanhas das calcinhas, são peludas de verdade. As que se barbeiam, por princípio ou vaidade, não estão mais nuas nessas circunstâncias especiais em que tiveram a indecência de nos colocar. Podem padecer encerradas nas coxas coladas, mas as ninfas curiosas desenrolam as suas arestas, convidando-nos à festa para a fartura de nossa curiosidade madura. É preciso tê-la gulosa para merecê-las e honrá-las. Há um monte de Vênus à disposição, com uma montanha de coisas para a exploração por essas moitas oferecidas à visitação. Você vai se perder quando mais a encontrar. Vai querer se escorar no que tem para agarrar e enfiar, mas espere...

... feito um budista diletante, você deve esquecer o que tem entre as pernas por um instante, pois esse é o momento do paladar, do olfato e do tato. O fato é que é preciso sopesar para conhecê-las, mantê-las na palma da mão como um animal de estimação que se embala para adormecer... Mas você percebe a contradição e quer esmagar aquilo que tem!

Acordar!

Despertar!

Então aperta bem...

... também é só um pouco, para perceber-lhe a consistência deleitosa e demonstrar-lhe a vontade imperiosa... É bondade generosa voltar logo à maciez da oclusão, aliviar a tensão dessa pressão, registrar a vasodilatação que a acomete por dentro.

Com muito zê-lo mas sem aflição, desliza-se com desvelo a dedação pura em pêlo... A textura, o calor e a ternura dos pentelhos dispersos devem ser alisados como um carneiro que pudesse virar leão.

A loba sempre aparece. Não é preciso ir buscá-la.

Trabalhar bem na boceta que se tem já é amá-la por inteiro.

Deixe-se levar pelo desvão da fenda que se opera em contrição. Ela se abre. Avance lentamente pelas bordas pregueadas sentindo-lhes a pegada.

Um bicho-da-seda... e como suga a danada!

Belisque-lhe os gomos das bochechas rosadas, invada-a cuidadosamente, convencendo-a completamente a ficar molhada. Mostre-lhe o traquejo. Roce-lhe o talho sem dó. Nada dói no consentimento com que dois se consentem esse conhecimento. Cada dedo tem a sua função na fruição desse entretenimento pela vagina que lhe escapa. É mesmo escorregadia a vadia! Como a vida... E a dívida que se paga para tomá-la... a gente se apega. É de onde você veio, por onde ficou velho e agora é a sua hora. Então dedilhe-a e comprima-a para que veja sua intenção.

Se a mão nos torna diferentes dos macacos, sejamos homens de usá-la em benefício dessa espécie de manipulação!

A manipulação deve ser progressiva, jamais agressiva. Ela só se deixa abrir a quem souber levá-la à posição segura. A abertura se dará como que por encanto. O odor dessas dobras pode começar a exalar e você o deve aspirar como se fosse o oxigênio do ar. Ela nunca estará úmida o suficiente para a cara. Meta a língua. Ela fala com um gosto babado do caralho que não se aquieta.

Não tem problema. É bom que todos os envolvidos sejam sabidos do que está se passando. E o que é bom sempre fica, anima o coração e a pica. Você quer beber, benzer e se lambuzar. É mais um pedido lambido lançado para aqueles infernos escondidos o que você faz. Depois são muitos outros, que de pouco em pouco há muitos lugares em que se entra. São vestíbulos nacarados, móveis estofados, recheios encarnados e sucos perfumados a indicar um caminho glandular... Você aprende sozinho a caminhar, um leve toque na porta com carinho e estamos hospedados nessa câmara de pecados no âmago do universo.

O universo, como todo o resto, está em expansão. E é junto do seu rosto que se dá a vibração desse espetáculo; como estar diante do oráculo sem ter o que saber...

— Nada é novidade e tudo é diferente.

Você comenta, entrementes. E eu falo: — Vá em frente!

Os prêmios não são menores por estarem escondidos entre as maiores abas das capuchinhas desfraldadas. O clitóris se exalta como um rabo entre as pernas, caindo de cabeça à primeira oportunidade que o mereça. Faça e aconteça: aqueça-lhe o penduricalho como se pensasse com a mente sem pescoço de seu colo incandescente. É uma deferência de glandezas veementes que se irmanam nesses órgãos concebidos para digladiarem-se impudentes na esfregação. Eles precisam ser palmilhados, aspirados, beijados e mordiscados em sucessão. Poderão ser engolidos como que engolfados por um sistema de proteção...

Dê-lhes o trato com que gostaria e gozaria de ser tratado. Não há desvio que não deva ser percorrido nessa direção; portanto, ouse investigar o que nunca imaginou a imaginação!

O consenso faz a democracia dessa relação, ou ralação, como queiram...

O importante é que queiram o amor verdadeiro, aquele cujo conteúdo dá à forma seu desenho erétil derradeiro...

... o último e o primeiro...

... quanto ao cu, este velho companheiro, se está tão perto que pode dar medo, que seja lavado com desprendimento e educação. A largueza da libido também deve aguçar-lhe a região insondável...

Em tempo: é saudável para a liberdade da fome cuspir no prato em que se come.

A linguagem deve sorver as palavras dessa comunicação...

Tudo o mais é sacanagem.

COMO MATAR CUPINS

Índigo

A primeira coisa que você deve saber sobre cupins é que eles não morrem. Dito isso, vamos aprender como mantê-los sob controle.

No meu caso, tudo começou com um pozinho debaixo da mesa. Nunca vi o pó caindo da mesa. Via, sim, o montinho aumentando dia-a-dia. De manhã o montinho estava com certa altura. Eu fazia um risquinho a lápis na parede. (Nunca tive filhos.) Saía de casa, e quando voltava... ele tinha crescido. Rapidamente concluí que era cupim. Perguntei à vizinha quitandeira se ela conhecia algum veneninho bom para cupim. O pedreiro, que passava por nós, parou:

— Cupim? Vixi! Eu já dou uma olhada pra senhora agora mesmo.

Um pedreiro pró-ativo?! Era meu dia de sorte! Mal abri a porta (esse foi meu primeiro erro), ele começou a bater nas paredes.

— Oco! Tudo oco!

A quitandeira, como um eco do oco, foi batendo atrás.

— Vixi! A senhora não tinha percebido que tava tudo oco? Tá tudo oco!

Respondi que tenho mais o que fazer que bater nas paredes. Mas pedreiros batem em paredes. Continuou batendo. Em alguns pontos elas esfarelavam na minha cara. Pedi para ele parar com aquilo. Era meio humilhante. Ele pediu licença e entrou no meu quarto. A vizinha seguiu com as mãos para trás. Girava a cabeça como se visitasse uma curiosa exposição de arte moderna. O pedreiro abriu o armário e meteu a cabeça bem lá no fundo. Pensei em puxá-lo pelo quadril.

— Senhor?

— Washington.

Washington saiu do armário apontando uma ripa de madeira em minha direção. Casualmente ele arrancou uma segunda ripa. Meu armário se comportava como uma banana nas mãos de Washington.

Quinze dias depois, ao me sentar na privada, enxerguei a síndica servindo uma janta quentinha para seu marido. Não havia mais porta no meu banheiro, nem vitrô na parede oposta. Eu vivia de comer pêras e maçãs. Não conseguia mais cozinhar porque um sofá em pé impedia que eu chegasse ao fogão. O lugar do computador virou uma piscina de cimento. Tudo que eu podia fazer era colocar pêras e maçãs na mochila e passar o dia na rua, esperando a hora de poder voltar para casa.

Mas você, leitor, não precisará passar por isso. Há um caminho melhor.

Três princípios para conviver com cupins

1. Você é superior

No mundo dos cupins não há desperdício. O pozinho que você vê não equivale a restos de um banquete. Sempre imaginei que aquilo fosse um amontoado de ossos de frango, cascas de uva, conchas de ostra. Não, o pozinho são as fezes. Ossos de frango, cascas de uva, conchas de ostra: tudo isso é devorado. Percebi, então, como minha vida é infinitamente mais rica que a deles. Ainda não rolou, mas eu bem que podia ser convidada para um banquete, ao final do qual estarei deitada num divã, cercada de ossos de frango, cascas de uva e conchas de ostra. É possível.

2. Pelo menos eles são quietinhos

Um bom exercício para a aceitação dos cupins é a comparação. Se o pozinho te irrita, pense que a outra opção é um pedreiro cantando dentro da sua casa, com uma britadeira, o ajudante, o radinho, a furadeira e o primo que está desempregado e veio dar uma mão.

3. Eles comem devagar

Dependendo da sua idade, a convivência vale a pena. Aqui em casa, por exemplo, eu ainda saio em vantagem. Agora sei o tanto de mesa que eles comem por trimestre. Tenho também uma idéia de quantos anos tenho pela frente. Eles vão comendo, eu vou tocando a vida. Quando eu estiver com oitenta, eles ainda estarão em quinze por cento da mesa. Aos oitenta vou me importar de ter uma mesa capenga? Creio que não.

COMO TRANSAR COM O MARIDO DA SUA MELHOR AMIGA SEM PÔR EM RISCO A AMIZADE ENTRE VOCÊS

Ivana Arruda Leite

É incrível a evolução da vida sexual das mulheres. No tempo em que os animais falavam, cabia-nos tão-somente o papel de reprodutoras. Os machos nos catavam de qualquer jeito, em qualquer lugar, sem olhar pra nossa cara nem perguntar nosso nome. Uma cabrita ou uma mulher dava no mesmo, com a vantagem de que a boa cabrita não berra. Mas só a mulher garante a perpetuação da espécie.

Depois da revolução francesa, da revolução industrial e principalmente da revolução cubana começamos a ver as coisas que aconteciam ao nosso redor com muito mais clareza. Descobrimos que a atividade que vínhamos praticando ao longo dos séculos podia ser mais interessante do que parecia.

Após o advento da pílula, nossa vida sexual ganhou requintes de liberdade nunca dantes imaginados por nossas mães e avós.

Porém, existe ainda um último totem e tabu que permanece indestrutível: o marido da melhor amiga. Por mais que nos autoproclamemos liberadas, progressistas e de vanguarda, dificilmente conseguimos comê-lo sem culpa. É chegada a hora de deitarmos por terra esse último bastião. Abaixo a proibição ao marido das amigas. A mulher antenada com seu tempo deve pular essa cancela e deixar para trás a bobagem de "marido de amiga minha é carta fora do baralho".

Entretanto, é preciso lembrar que o que vale nesse mundo é a amizade, um sentimento nobilíssimo, infinitamente superior ao apetite sexual. Você pode usufruir o marido da sua amiga à vontade, desde que isso não coloque em risco a amizade entre vocês.

Um homem capaz de lhe dar prazer você encontra em qualquer esquina, já uma amizade verdadeira é coisa rara, principalmente entre mulheres.

Portanto, preste atenção: os flertes devem ser discretos. Aproveite os momentos em que ela for ao banheiro ou ver se as crianças estão cobertas para rápidos beijinhos e olhares furtivos. Os bilhetes e carícias devem ser trocados por baixo da mesa sem grandes turbulências ou frouxos de riso, o que poria tudo a perder. Nunca ligue para o celular dele. Nós sabemos do que uma mulher é capaz quando põe as mãos no celular do marido. Uma bobeada e a casa cai.

Caso você seja casada e vocês costumem sair juntos, os quatro, redobre os cuidados, pois além da sua amiga, seu marido também deve ser o último a saber.

Dito assim parece complicado, mas com o tempo você pega prática e vê que a coisa é mais fácil do que se imagina.

Se me permite um último conselho: não abuse do álcool. Ele costuma pôr tudo a perder.

DE COMO COMER MALUQUINHAS MACONHEIRAS

João Filho

Para machos

E aqui vale o vice-versa. Pois nem toda maluquinha é maconheira e nem toda maconheira é maluquinha. Mas nos ateremos nas fissuradinhas. As que não passam sem. Cautela, nem todas são burras. Há indeléveis surpresas. Nem todas são *jovencitas*. Há as dinossauras. Mães naturalmente, que orgulhosamente ostentam um corpo envelhecido curtido em sucessivas "ondas" desde a adolescência. Talvez, dependendo for, dão um belo boquete. Tens nojo? Hum... Não sabes o que pode o murcho duma velha boca em época de secura.

São facilmente percebíveis. A grande maioria é bobinha, neurônios tico-e-teco, mas quando empacam como mulas demoram a dar ou nunca dão. E você pode ficar com o pau duro e doendo o resto da noite ou dia, quem sabe? Talvez não se deram com sua falta de tatuagem, seu jeans e tênis surrado, mas não rasgado, e camisa comum. A sua busca, mesmo na pobreza, por alguma decência e honestidade intelectual. Há as que se encantam com isso. Se sentir que o caso é propício... não dispense.

Cronologicamente estamos falando do século XX e início do XXI, onde grassa a ideologia com conseqüências desastrosas para países ditos primeiro-mundanos quanto mais para a parte tropical abaixo à esquerda do globo, vide mapa. Então, a fêmea modernosa estará "vestida" de acordo com os ismos mais midiáticos da última centúria. Com tinturas de tudo que possa parecer "transgressor", marginalmente dosado, e isso vai do visual exterior às questões mais íntimas. Desimportam as contradições que porventura demonstrem, 99% não percebem nunca. Exemplo? A inversão desbundada de todos os valores. Como diz o sábio Olavo de Carvalho, flor da direita liberal conservadora: "O estraçalhamento das consciências pelo império da propaganda é condenado com veemência por alguns intelectuais ativistas, mas eles mesmos praticam abundantemente a estimulação paradoxal sobre as mentes indefesas de alunos, leitores, ouvintes e espectadores. O típico intelectual exasperado de hoje defende sistematicamente reivindicações contraditórias: liberação do aborto e repressão ao assédio sexual, moralismo político e imoralismo erótico, liberação das drogas e proibição dos cigarros, destruição das religiões tradicionais e defesa das culturas pré-modernas, democracia direta e controle estatal da posse de armas, liberdade irrestrita para o cidadão e maior intervenção do Estado na conduta privada, anti-racismo e defesa de 'identidades culturais' sustentada na separação das raças, e assim por diante."

Indumentária e adornos? Colorido, saias rodadas ou vestido *idem*, brincos e argolas e piercings, alguma tatuagem sempre, um desleixo pensado, a procura de um primitivismo blasé, tão antinatural quanto possa parecer urbanóides metidos a autóctones; apoiarão qualquer minoria que surja no correr da hora, pois diferentemente do dito ibérico, se há manifestação são a favor. Daí que — poetas-perrengues do mundo, uni-vos! Estarão em lugares tidos como cults para elas, claro — cinemas dos chatíssimos eternos filmes cabeças, onde elas comentam com vocabulário indigente os planos mais tediosos da fita; sebos, botecos, livrarias (todos da moda), onde acontece aquele lançamento daquele jovem ou velho desescritor ou ex-poeta antitudo. Elas veneram os radicais de boutique, e se possível que possuam algum mamado de alguma teta institucional. Vagueiam por esses ambientes com um alheamento posado, parecem não ligar, mas estão fissuradinhas naquele único beque que você tem em casa e que elas instintivamente sabem. Instinto como burrice é dado um pouco a todos. Trarão os ícones santificados pela massificação, se não na roupa, no corpo com certeza, diluídos no tico-e-teco. Exemplo? Guevara *et caterva*. Aí estarão imiscuídos do Nazareno ao jamaicano Marley, passando pelo baiano Raul Seixas e desaguando num bate-estaca duma *rave*. Também o índio, o pobre, a árvore, o negro etc. Nem todas, mas algumas apreciam as pílulas que fazem o corpo quicar.

Nas leituras não pode faltar um Bukowski, os beats por alto, e citarão de oitiva um monte que desconhecem — Rimbaud, Whitman, Baudelaire, Fante, Cortázar etc. Claro, essas são as mais ousadinhas. As que freqüentam universidades ou afins não perdem de vista uma sovacal (pseudo-revista ou jornal para enxugar sovacos, mas que dá cartaz por ser onde os antenados se antenam). Em tudo que for beneficente ou contestatório ou grátis lá estarão elas. Acontecem extravios e algumas moscam fora do habitat. Se isso se sucede, então tudo e todos são caretas, babacas, não sacam etc. O de sempre. O que se espera nesta generalização é que ao até agora citado muitas se adeqüem, como as punks, as trocs, as blinkes, as ploozz, o sotaque varia conforme o estado ou região, estamos falando de Brasil. Enfim, é tudo a mesma merda.

Depois de um panorama da fauna e habitat vamos às astúcias técnicas.

Não há um molde. Espere, não trapaceio, direi dum "estudo de campo", ou para não mentir para mim mesmo, pois sou honesto, dum campo de vivência. E como já disse alhures o poeta palácio-provinciano Goethe traduzido não sei mais por quem — "contra nada somos mais severos do que contra os erros que abandonamos". Das fêmeas? Nunca. Mágoa nenhuma. Mulher é mulher e quem aprecia o bagulho sabe do que eu estou falando. O que espicaço realmente é a tinturância ideo-tudo-as-tantas, se é que me faço entender. E essas me foram impingidas desde cedo; eu, um infante inocente.

O que mais cola em se tratando de pose é o bruto sensível. Algo como escutar Beethoven e Sepultura com passagens entre Chico Buarque, os concretinos e a tropicanalha, ser o solitário de vida dura e pretensa nobreza que não evita sair aos tabefes por causa de uma causa.

E as que colam o velcro? Colar o velcro é mais bonitinho e sensível do que outras adjetivações pejorativas. Mostre-se culpado de ter nascido macho. Depois no que elas acham que é preconceito (quase todas são feministas) mostre-se o mais natural. Diga que já comeu o toba dum amigo que estava precisado. Coisa pouca, mas sincera e com afeto. E por favor, não esqueça o afeto. Algumas caem. Se não fosse o meu dengo macunaímico até que daria para soltar mais alguns laivos psico-sócio-eco-etc...

Se você for famoso e tiver dinheiro ignore estas bobagens. Se não, me crucifique. Será a glória.

COMO MAXIMIZAR O USO DO MÚSCULO LINGUAL

Uma experiência em três relatos seqüenciais

Jorge Pieiro
Catedrático da Tenda Frascária de Panaplo (TFP)

[Do lat. *lingua*.] S. f. 1. Anat. Órgão muscular alongado, móvel, situado na cavidade bucal, a cuja parede inferior está preso pela base, e que serve para a degustação e para a deglutição (*sic*), e desempenha papel importante na articulação de sons.
(*Dicionário Aurélio da LÍNGUA Portuguesa*)

O ser humano é ávido por melhorias. Embora nem sempre alcance bons resultados, desde que rabiscou a primeira linha sinuosa nas paredes pré-históricas, atravessa o implacável tempo, buscando selar a boceta de Pandora, livrar-se da tirania do pecado original ou, simplesmente, desenfastiar-se do destino.

Entre tantos rituais, o que importa é garantir o que há de melhor entre tantos. Assim, atenho-me nesta mensagem a delimitar um caminho que leva ao glorioso bem-estar.

Tenho plena consciência de que há uma predileção pela técnica e arte de sorver vulvas, matéria já ponderada neste compêndio. Por isso mesmo, caro leitor, gostaria de, tentando evitar redundâncias, resgatar algumas modalidades técnicas dessa sacro-profana mania milenar, por intermédio de alguns relatos contemporâneos liberados por (im)pacientes de ambos os sexos e de idades variadas. Assimile-os e dê-se a um futuro aprazível.

Nível 1 — Banho de gato

Precaução: Constate a virtude higiênica da parceira; exercite-se uma semana antes com a ajuda de meia laranja e uma pitada de sal, conforme a dica do colaborador.

Olha, seu, primeiro eu mirei a tarântula bem ali na minha frente... Aí estendi a língua o mais que pude pra fora da boca. Deixei a tal ali, durinha. Então, me aproximei daquele emaranhado e relaxei a língua e comecei a roçar na boceta, prum lado e pro outro, rodando. Duas vezes pra direita, duas vezes pra esquerda, rodando e abrindo a bichinha, até sentir as pernas da menina adormecendo. Até ela soltar o primeiro gemido... Ai! Ui! Ela apertou minha cabeça entre as pernas. Nesse instante, parei. Olhei pra ela... Sabia que estava com o olho fechado. E comecei tudo de novo, sem nenhuma pressa.

(Rildomar, 43, industriário)

Nível 2 — Calçadeira

Precaução: Verifique o nível de umidade vaginal; atente para os primeiros sinais da ereção clitoriana.

Ofereci a ela um sorrisinho sacana. Mulher gosta disso. Ela abriu as pernas, totalmente relaxada e excitada. Enfiei o rosto entre as coxas e senti as duas mãos pressionando minha cabeça. É de lei, batata! É sempre assim. Enrijeci a língua e passei na boceta dela, desde a base, e fui subindo, subindo, executei uma varredura. Arrastei o sumo — nessa hora ela já estava toda ensopadinha — e mergulhei no desejo, desde aquele ponto até sentir sobre a ponta da língua, meio relaxada, todo aquele paraíso úmido e salgado. E fui erguendo a língua até o ponto em que se insinuou aquele pinguelinho maravilhoso sobre ela cheia de saliva. E repeti tudo com o gozo na boca. Tantas vezes, sem cansar.

(Madalena, 24, advogada)

Nível 3 — Encaixe com fricção de vertigem
Precaução: Verifique, diante do espelho, se é detentor de característica dominante, ou seja, se a língua se dobra dos lados ao centro, de modo a prognosticar um bom êxito — em caso contrário, mantenha a língua semi-ereta, mantendo saliva sobre ela.

É... Foi assim... Enquanto Marcão me agradava, eu já tava quase gozando ela. Depois de tudo aquilo, duvido que alguém não sinta o maior tesão. Ela não vai querer outra coisa, não vai pensar mais em nada. Olha, eu fiquei "irada" quando senti aquele pinguelinho duro. Ali... Nem pensei, dobrei a língua e levantei o bichinho durinho, assim... óóóó... deixando ele por dentro. E pra ficar melhor ainda, comecei a remexer com a língua, a puxar e a empurrar a língua com aquele pauzinho de mulher dentro dela... Pode anotar aí: ela gritou. Gritou que só. Aí, foi só sentir a porra dela enchendo minha boca... As coxas apertando minha cabeça... Doidinha, ela...

(Rocherlene, 19, estudante)

Concluindo, repito que os processos são contínuos. Cabe a cada articulador estreitar os sentidos e revigorar os procedimentos. Nestes apontamentos de uma experiência reprisada em várias vozes, algumas notas dessa arte, à guisa de prolegômenos.

COMO VENCER SENDO DEFICIENTE

José Luiz Martins

Apesar das dificuldades óbvias, ser deficiente não é um bicho de 7 cabeças e uma perna só. Se você tem alguma deficiência, já deve ter percebido que as pessoas têm uma boa vontade inata contigo. Não é preciso fazer muita coisa — às vezes nada — para ganhar a admiração delas. Por exemplo, se você é deficiente físico basta pegar as muletas e andar. Se você é cego, é só balançar a bengalinha e atravessar uma rua sem ser atropelado. Pronto: você já é um vencedor.

E isso vale para todo e qualquer tipo de deficiência. Seja você cego, aleijado, anão, surdo ou deficiente mental, você já é um herói. A propósito, a Liga da Justiça iria se revoltar se soubesse que você consegue este título sem salvar a vida de ninguém. Portanto, use isso a seu favor. Você tem toda a liberdade de ser um mau-caráter, assaltante ou até mesmo um assassino. Será sempre um exemplo de vida. Não tem os dois braços, é cego de um olho e ainda assim matou 30 pessoas? Puxa, quanta força de vontade.

Ainda em relação à boa vontade das pessoas com os deficientes, todas elas estão sempre dispostas a ajudar você. Aproveite. Coloque os outros para carregar suas coisas, fure filas. Se você for bom em fazer cara de coitadinho, pode conseguir muita coisa com isso.

O preconceito é inevitável e realmente cruel. Muita gente nunca treparia contigo, nem te daria um emprego ou ficaria fazendo piadinhas com você só por sua deficiência. Mas não fique lamentando e choramingando. Você já é deficiente, não precisa ser burro. Arrume um bom advogado e, em vez de acumular raiva, acumule fortunas.

Como o preconceito, a piedade também é inevitável. Por piores que sejam suas vidas, as pessoas sempre vão achar que a de um deficiente é pior. Se você deixar a merda do orgulho de lado e pensar racionalmente, pode tirar vantagem disso. Você pode, por exemplo, faltar ao trabalho, alegando que sua cadeira de rodas quebrou. Ninguém vai ousar duvidar de você, nem que isso se repita um milhão de vezes. Pelo contrário. Seu chefe vai morrer de remorso por não te pagar o bastante para você comprar uma cadeira nova.

Outra coisa útil de se saber é que ninguém espera que um deficiente faça algo de importante. O máximo que esperam de você é andar, tomar banho ou limpar a bunda sem ajuda de outra pessoa. Ninguém acha que você vá ter grandes feitos intelectuais, profissionais ou pessoais. Ótimo: eles não vão se defender de você. Fica mais fácil enganar essa gente, tomar seus empregos ou trepar com suas namoradas.

Se você tiver condições de praticar esportes, faça-o onde haja câmeras e repórteres por perto. Qualquer cameraman vai deixar de filmar o líder de uma maratona só para mostrar você vomitando os pulmões para completar os primeiros 5 metros. É sério, pode tentar.

Não importa o seu estilo de vida, mas nunca, em hipótese alguma, passe uma imagem de independente. Deixe para fazer tudo sozinho na sua casa, na sua cozinha, no seu banheiro. Em outras palavras: nunca deixe que os outros percebam que você tem uma vida igual ou melhor que a deles. Logo de cara, vão trocar a pena e admiração por inveja. Depois, a inveja vai se transformar em raiva. Aí, como não conseguem melhorar as próprias vidas, vão tentar destruir a sua. Como você ousa ser mais feliz que eu, sendo assim? Portanto, nada de ser independentezinho. Aceite ajuda, faça tudo ofegante e com muito esforço e, se for preciso, aprenda a babar.

O segredo é esse. Tire vantagens. Trapaceie. E, se bater uma consciência pesada por enganar o mundo, lembre-se de que esse bando de filhos-da-puta não se deu ao trabalho de construir mais rampas, elevadores e calçadas rebaixadas para você. Comigo funciona — a consciência fica levinha, levinha. Como minhas pernas de titânio.

COMO ESCREVER UM CARTÃO-POSTAL

José Roberto Torero

Recebi estes dias um cartão-postal de uma senhorita pela qual tenho grande afeição. Como sabe qualquer um que tenha uma cabeça entre as orelhas, os cartões-postais têm como função principal diminuir as saudades sentidas por aquele que fica (doravante denominado ficante) em relação àquele que viajou (doravante denominado viajante).

Infelizmente não foi o que ocorreu. A senhorita viajante, em vez de fazer este ficante sentir-se um pouco menos esquecido, fez-me sentir o sabor do desprezo e do esquecimento. Não que não houvesse palavras gentis, mas num cartão-postal há espaço para poucas, e se elas não forem bem escolhidas, podem resultar num efeito contrário ao desejado. Mas deixemos de teoria. Veja o leitor com seus próprios olhos o pouco diplomático cartão:

i		Aqui está tudo muito
l		lindo. Tenho me divertido
u	b	à beça. Fui na Torre Eiffel,
s	o	no Louvre e andei de barco
t	n	pelo Sena.
r	i	
a	t	Uma beleza! Nem
ç	a	dá vontade de voltar.
ã		Um beijo,
o		Eu

Como o leitor pôde observar, trata-se de um cartão melancólico, deprimente, lástimável, lamentável, e entristecedor.

Realmente péssimo!

Onde estão as frases apaixonadas, as saudades gigantescas e a dor da distância? "Onde?, onde? onde?", pergunto eu três vezes. Em nenhum lugar, respondo cabisbaixo e apenas uma vez.

Algum observador mais apressado poderia dizer que se trata de um cartão simpático, mas certamente este leitor teria o coração frio como um iceberg ou um banqueiro. Esse distraído leitor não teria se dado conta de que a palavra saudade não aparece uma única vez e que a despedida é apenas "um beijo". Note bem, "um" beijo e não "mil" beijos ou "saudosos" beijos. Nada disso! Apenas um parcimonioso beijo e nada mais.

Para evitar futuros dissabores, transcrevo aqui as três regras de como escrever cartas saudosas. Tirei-a do célebre livro de Calderón de Mejía, *El hombre y las cosas tríplices,* e espero que seja útil para futuras viajantes.

As três regras:

1) *O viajante jamais (jamais!) deve dizer que está se divertindo. Ele (ou, no caso, ela) tem por obrigação falar que está tudo muito aborrecido porque*

o ficante não está lá para compartilhar aqueles momentos, aquelas vistas, aquelas comidas etc...

2) Não interessa ao ficante o quão belo é o lugar onde está o viajante. Isso só provoca inveja no pobre coitado que ficou. Se possível, o viajante deve mentir descaradamente ao ficante. Exemplos: "A Tate Gallery é um lixo, o MAC aí de São Paulo é muito melhor", ou "A Estátua da Liberdade não tá com nada. Legal mesmo é o Cristo Redentor." Para obedecer melhor este item, é fundamental mandar cartões-postais feios.

3) Por fim, é muito importante que o viajante se despeça efusivamente e dizendo ao ficante que não vê a hora de voltar. Isso ajuda a dar a impressão de que o viajante está com saudades do ficante. Mesmo que seja mentira, é deveras confortante.

Obedecendo-se a estas regras mínimas, o cartão ficaria assim:

```
i
l
u            Aqui está tudo muito
s   f        chato sem você. O Louvre
t   e        é legal, mas o Museu do
r   i        Ipiranga é bem mais bonito.
a   a        Não vejo a hora de voltar
ç            para São Paulo e comer uma
ã            pizza de mussarela. Já não
o            agüento mais coq au vin.
             Um milhão de beijos,
             Eu
```

Como o leitor pôde ver, pequenas trocas e grandes mudanças. O espírito da literatura está nas sutilezas. Mesmo num cartão-postal.

COMO SORRIR NO RETRATO
DE FAMÍLIA

Livia Garcia-Roza

Se você foi convocada a comparecer à casa de seus pais para tirar uma fotografia — como preparação para as Bodas deles — junto aos quase quarenta membros da família, não se atormente nem se aborreça. Para alguns, estar entre familiares é uma alegria; para outros, desesperante. Se você pertence ao segundo grupo, seguem algumas linhas:

Pise firme ao entrar no olho do furacão, evitando assim tropeços logo de saída; em seguida abra a bolsa e retire dela um chiclete, a goma tem uma função importante nesses momentos, ela ocupa as mandíbulas e é capaz de sustentar uma mastigação raivosa, além do refrigério que produz ao invadir sua boca. Cumprimente os parentes oferecendo as bochechas; palavras são desnecessárias, balance apenas a cabeça e, quando muito, repita chavões. É suficiente. Nesse trajeto vai se escoar um bom tempo. Após os cumprimentos, um respiro: escape para o banheiro. Cuidado apenas com os gestos, lembre-se de que o espaço é pequeno. Aproveite a solidão do lavabo e se veja no espelho. A cara está péssima. Retoque o batom e nem mais uma mirada. Na volta, cruze a sala, alheia ao bando que a rodeia. E uma vez sentada, ausente-se; e observe à distância a rebeldia dos laços humanos. Atenção, no entanto, às falas apontadas para você, as armas são muitas e surgem inesperadamente; ao ser perguntada por que está sem trabalho, ou ao ouvir comentários sobre a atual mulher do seu ex-marido, mostre-se vaga. E não se deixe perturbar por cutucadas, risos e falas sussurradas. Mantenha a calma e a goma de mascar. *Serenus*. A seguir, imagine-se dentro de um avião, ao lado do seu namorado, com destino a um balneário paradisíaco. Pense em vocês dois correndo nas límpidas areias da praia em direção às pequenas ondas azuis. As desencontradas vozes presentes, as exclamações e os decibéis infantis facilitarão a decolagem rumo ao paraíso. E o fotógrafo que se posta diante do grupo do qual você já levantou vôo transforma-se na aeromoça que, cheia de gestos, detalha seu método infalível de como se salvar de um abrupto acidente aéreo.

De repente, uma agitação maior. E não foi do susto pela onda que se elevou na praia imaginada. Sua mãe acaba de saltar do sofá e sair às pressas. Alguém diz tratar-se de uma corrida ao banheiro. Os adultos riem, as crianças aproveitam para correr, e os bebês, engatinhando, disparam pelo chão da sala. O fotógrafo volta a ceder vez à aeromoça que, baixando a máscara, a devolve para a poltrona da frente. E seu sonho voa. As pessoas circulam ao redor da mesa à procura do que comer. Sua avó, cabeça tombada, cochila em meio ao tumulto. De repente, a porta da cozinha se abre e o cachorro entra em cena e, depois de uma volta completa pela sala, desaparece. Passada meia hora de barulheira insana, sua mãe retorna em passos rápidos, penteando as sobrancelhas com os dedos. O fotógrafo volta a empunhar a máquina, e todos retornam aos assentos, a se espremer e a sorrir. E você, passageira, também sorri, ao perceber que dentro de instantes família não há nem nada; e o *flash* espoca.

COMO RESOLVER (DISCRETAMENTE) O PROBLEMA (SERIÍSSIMO) DE PRIVADAS ENTUPIDAS

Lúcia Carvalho

Poucas coisas deixam a gente tão em pânico quanto um entupimento de vaso sanitário. A princípio não acreditamos que possamos ter causado aquele estrago. Depois, a certeza.

Morro, mas não saio desse banheiro.

Eu sei que é estranho falar sobre isso. Ainda mais eu, uma mulher, uma mãe, uma profissional seriíssima. Mas todas as famílias têm casos horrorosos de entupimento. Volta e meia eles acontecem — aqui em casa temos até um esquema de emergência próprio para resolvê-los.

Claro que essa coisa de entupir privada deve acontecer com a família de todo mundo, mas ninguém conta. E por causa deles, dos pactos familiares de silêncio sobre entupimentos, as empresas de material hidráulico não aumentam as bitolas dos canos, o que resolveria a questão das obstruções.

Óbvio.

Em viagens a coisa piora. Eu até poderia desenvolver uma teoria sobre isso, mas não sou fã de assuntos escatológicos. Na verdade, nem sei como estou tendo coragem de escrever sobre esse assunto. Estou quebrando o pacto de silêncio da minha família, o que é inaceitável, inadmissível, inaceitável. Mas como já passei por muitas situações constrangedoras, sei que esse problema nunca é abordado publicamente, e, se você é como eu, uma mulher nojenta, que nunca imaginaria que teria de passar por isso, aqui vão algumas dicas.

1. Não fui eu: vamos ser claros logo no começo. Isso nunca aconteceu comigo. Eu juro. E olha que eu minto muito pouco. Muito pouco *mesmo*.

2. Foi ele: vamos supor que você não está só. Olhe ao redor. Seu filho, namorado, primo, marido ou tia-avó estão por perto? Avalie. Acredite. Óbvio que foram eles. Bem, mas se a autoria do problema é realmente sua, sei que não é fácil pensar rápido, mas tente dividir o problema com alguém de sua confiança. Grite, esbraveje, indigne-se, alivie o nervosismo. Uma privada entupida, queira ou não, é um estresse danado.

3. Cara de privada entupida: no caso de você precisar pedir ajuda, cuidado. Certa vez tivemos, eu e minha família, um problema desse tipo num hotel. A coisa ficou gravíssima, e eu e meu marido tivemos que descer até a portaria para pedir auxílio. Quando olhamos o rosto do porteiro, percebemos que o rapaz tinha a maior cara de *privada – entupida*. Tivemos um acesso de riso descontrolado e infantil e não conseguimos nem... falar. Precisamos voltar ao quarto, trancar o recinto e esperar a troca de turno. É bom avisar a todos que muita, mas muita gente no mundo tem cara de privada entupida. Reparem. E, diante desses, cale-se.

4. Toilet, klosett, lieu d'aisances, latrina, urinário: aprenda as palavras "desentupidor", "privada", "desastre", "calamidade", "desgraça", "socorro" e "entupimento" em diversos idiomas antes de viajar. Explicar certos problemas com gestos não é das coisas mais agradáveis. Eu já passei por isso, e acreditem — fazer mímica de "privada entupida" num saguão de hotel é das coisas mais constrangedoras do universo.

5. Mantenha a calma: se não puder pedir ajuda, respire fundo e pense na *reciclagem*. Tudo desce, dissolve, acaba. Se papel dissolve em horas, os tecidos em meses e ossos em anos, pensa bem: "aquilo" se desintegrará muito, mas muito antes... Sente-se, espere...

6. Kit viagem: se o problema é recorrente, o ideal é ter em mãos um desentupidor. Mas não é fácil transportá-lo em viagens e passeios. Como ainda não inventaram peças de bolso — não entendo, sinceramente, as invenções da humanidade — o melhor é usar métodos alternativos. Um deles é fazer uma bola de panos e sacos de lixos na ponta de um cabo de vassoura (se for preciso, use o cano da arara do armário do hotel) e bombear o vaso. O problema é se livrar daquele estranho objeto depois, mas nada que um fundo de armário ou uma janela não resolva.

7. Método alternativo: aprendi um método interessante com um parente. Nunca usamos, mas ele garante que funciona: tanto na casa onde você está hospedado como em hotéis sempre há jornais e criados-mudos (também chamados de mesa-de-cabeceira). Pois bem. Tape o vaso (sempre é bom se referir à privada como "vaso", principalmente se ela estiver nojentamente entupida) com uma grande quantidade de jornais abertos sobre o assento de louça. Coloque o criado-mudo de ponta-cabeça, de modo que o tampo fique virado para baixo sobre os jornais abertos. Em seguida, tranque a porta do banheiro e suba sobre o criado-mudo. Feche os olhos. Reze um pai-nosso. Tenha ódio daquela merda. Dê descargas. Muitas. Infinitas. Não tenho a menor idéia se isso funciona. Imagino que, se transbordar, pare.

8. Método profissional: se nada disso der certo, aqui vai o passo a passo de um desentupimento relatado por um dos maiores desentupidores da nossa era, o *sr. R*. Leiam com atenção, pois ele descreve, com detalhes, como resolver o problema:

"*Muitas vezes, quando é jogado um volume excessivo de 'papel' no vaso ele pode entupir. Tente primeiro desobstruir com um desentupidor comum de privadas, bombeando e dando sucessivas descargas. Como o vaso é sifonado (para não retornar cheiro), muitas vezes isso não resolve. Nesses casos, remova o rejunte do vaso com o piso usando um objeto pontiagudo, retire os parafusos que prendem o vaso no chão e desconecte o tubo de ligação (que fica fixo na parede) do vaso. Retire o vaso do lugar (cuidado, é pesado). Com um arame rígido ou barra de ferro de bom tamanho, faça o desentupimento, empurrando 'aquilo' que estiver obstruindo a passagem pelo encanamento. Faça a operação inversa para a colocação do vaso. Não esqueça de rejuntar a base do vaso com massa de rejunte para evitar cheiro.*"

9. Fuja: bem, se nada disso funcionar, você pode fugir. E quer saber? Talvez essa seja a melhor solução...

COMO FAZER SEXO (SEGURO) NA FILA DO BANCO

Luiz Paulo Faccioli

Ninguém escapa de ter conta em banco, e você faz parte desse universo de pessoas economicamente incluídas. Parabéns! O caso é que você ainda vê a conta bancária como um colchão, só que movimentado por cheque. Não deve ter sido muito fácil arranjar um banco que fosse a sua cara; em outras palavras, que aceitasse um(a) cliente como você. Posso apostar que foi um desses dois ou três que têm longa tradição em longas filas. Você não usa cartão magnético, temendo que alguém esteja sempre à espreita para cloná-lo (o cartão, naturalmente). Cada vez que você precisa de vinte reais, faz um cheque e vai pra fila. Débito automático? Imagine, o recibo só tem valor autenticado: fila. Auto-atendimento? Nem pensar, é direito seu o comprovante na hora: fila. Internet banking? Enlouqueceram de vez! Você já ouviu casos escabrosos e sabe muito bem o quanto pena pra reaver o dinheiro roubado um infeliz que tenha recebido a visita de um hacker. Com você não, violão! Em vez de correr o risco de perder, na vida inteira, duas ou três tardes com ocorrências policiais e contestações de saques, você prefere ir ao banco cinco dias por semana e perder no mínimo uma hora a cada vez, ouvindo com estoicismo um insuportável dim-dom eletrônico a chamar o próximo, que nunca é você. Isso quando a agência, preocupada com seu bem-estar, não oferece cadeiras e uma tevê sem volume sintonizada no Cartoon Network. E você não antecipa sequer um dia seus pagamentos, porque sua esperteza não dá um centavo de lucro a essa corja. Resultado: fila, fila, fila. Olha pro guichê preferencial — idosos, gestantes, deficientes — e suspira, um dia você chega lá. Ou então, se vencer o Big Brother Brasil, no exclusivíssimo gerente engravatado, e vai beber cafezinho enquanto ele faz pra você tudo que você sofre pra fazer hoje.

Relaxe! Pode não parecer, mas você tem minha simpatia. Antes eu chegava a sentir inveja de quem dispunha desse tempo todo pra curtir a fila do banco sem precisar nem se constranger de ocupar a vaga de quem não tem outra opção. Numa exaustiva e minuciosa pesquisa de duas horas na internet, descobri que você sofre de um distúrbio que há muito preocupa a ciência e até já tem nome, sigla e comunidade no Orkut: Transtorno da Ida Compulsiva ao Banco — TICOBAN. Fiquei tão comovido que passei dias bolando algo que pudesse o impossível: ajudá-lo(a) a tornar mais suportável sua cruz. Não foi fácil, mas creio ter encontrado uma solução. Não se trata de um modelo pronto. Você pode e deve adaptá-lo ao seu estilo de vida, e vai notar que ele também servirá a outras filas e situações.

A proposta é você aproveitar aquela uma hora perdida no banco pra fazer algo por você mesmo(a), e nada me parece mais benéfico ao ser humano do que fazer sexo. Não fique chocado(a): a idéia pode até ser revolucionária, mas é perfeitamente exeqüível. Leia até o fim.

Antes de mais nada, você precisa desenvolver a imaginação. Sem fantasia, não há sexo. E não existe lugar no mundo menos excitante do que uma agência bancária até você conseguir olhá-la com outros olhos. Ponha meias de náilon com costura e salto agulha na gordinha loira de minissaia que traz cem contas de luz na mão e me diga se o umbigo dela não tem um quê sensual. Tire os óculos anos 80 do caixa grisalho e fora de forma: ele não é a cara do Antônio Fagundes? Com um pouco de sorte, aparece um jovem casal aos beijos, Brad Pitt e Angelina Jolie, e aí você é um ou outro, ou os dois, ou fica entre os dois, dependendo de sua inclinação ou vocação pra novas experiências. Há sempre alguém tendo chilique na porta giratória e ameaçando fazer strip-tease caso ela não abra. Fique de olho. Nunca é alguém cuja nudez valha a pena e muito menos disposto a cumprir a ameaça, mas você já começou a voar mais alto e quem sabe...

Quando a tevê sem volume mostrar Tom e Jerry numa suruba com Frajola e Piu-Piu é porque o banco se tornou um lugar luxuriante e você já está apto(a) a ingressar na etapa seguinte: sexo com você mesmo(a). Primeiro, é treinar em casa até ganhar autoconfiança. Volte à adolescência, mas não use revistinha ou outro desses artifícios; deixe a imaginação levá-lo(a) até o banco, àquele ambiente lascivo e depravado, a caixa vesga pegando seu cheque de vinte reais, pulando sobre o guichê, chicote em punho e seminua, passando um corretivo na criança malvada. De tanto a cena freqüentar suas sessões lúbricas, chegará o dia em que você não vai resistir e, antes que se atire sobre a moça, terá de resolver o problema na fila mesmo. Dica pra homem: calças bem largas de fundilhos baixos, como as dos boys, ajudam a disfarçar a emoção. Dica pra mulher: aprenda a ter orgasmo em silêncio.

Depois da primeira experiência sexual na fila do banco, nada mais o(a) deterá. Rompida a delicada barreira da vergonha, você vai encontrar pela frente, ou atrás, toda sorte de gente disposta a praticar sexo a dois, a três, a n.

Como se faz isso?

Bem, dessa lição você não carece. Dentre os maiores talentos que o ser humano desenvolveu ao longo dos séculos está justamente o de fazer sexo às escondidas. Talvez você tenha alguma dica pra me dar?

COMO DIZER À SUA MÃE QUE VOCÊ É GAY

Marcelino Freire

Não diga, mona.
E precisa?
Coração de mãe não é burro. Quem disse que sua velha é tonta?
Ela sabe, ela sente. Ela percebe.
Cada gesto seu vale mais que mil palavras ao vento. Plumando. Tire isso do pensamento. Sua mãe lê tudo que está lá dentro. Nem adiantar maquiar.
Silêncio.
O melhor é ficar quieta no seu canto. Evitar drama mexicano. Almodovariano, nem pensar. Tem assunto que não se deve conversar. Por mais que se converse, ninguém entende. Entendido só a gente e olhe lá.
Você me entende?
Que mania é essa de querer dividir? Seja uma bicha egoísta. Pela primeira vez, uma mulher maldosa. Para que reunir a família se a família nunca esteve reunida, ora? Não vai ser agora, por sua causa.
Pense e reflita.
Não gaste batom à toa. Com eles ou sem eles, você será sempre a mesma pessoa.
Um pouco pior, é bom que se diga.

Explico, querida: depois que souberem assim, de verdade, virará um inferno a sua vida. Vão vigiar aonde você vai. Explicitamente. Para onde você foi, meu bem. Quem é essa gente que telefona? Hein? Essa voz de maricona não é a da sua tia.

Desista.

De-sis-ta.

Você não vai gostar de perder o seu priminho de vista, vai? Para nunca mais. Se duvidar, até detetive vão colocar em sua cola. O dia inteiro atrás de você. Mas essa é a parte boa da história. Se for um bofão bonito então, é a glória. Saradão feito o seu irmão.

E por falar nele, por acaso você já viu o seu irmão, à sala, juntar toda a parentada? E confessar alguma coisa? Quando? Ele se mete em cada escândalo e ninguém adivinha. Bate na cara da namorada, de tirar sangue, a coitadinha. Que horror! Logo ele vir querer ensinar você a ser homem, já pensou?

Vá por mim, meu amor.

Para que mobilizar mãe, pai? Avó, avô? Eles são de outra época, sei lá. Daquela em que o maior desfile gay que havia era o desfile militar.

Esqueça.

É besteira.

Não é todo mundo que gosta de levantar bandeira. Unidos pela causa só eu e você. Eu sou tudo que você precisa. Alguém em quem você pode confiar. Com quem você, faz tempo, divide um pouco da sua alegria.

Uma irmã para todas as horas.

Mesmo eu não não fazendo parte da sua família.

COMO SER FELIZ SEM CHEGAR AO TOPO

Marcelo Carneiro da Cunha

Milhares de homens e mulheres do nosso tempo sofrem com a demanda injusta e sem sentido de atingir algum objetivo qualquer. Não importa qual o objetivo, não importa qual o homem ou mulher. Ele é e será inalcançável, e para isso mesmo foi criado.

Isso era o que eu pensava enquanto tentava respirar o ar rarefeito a 2.200 metros de altitude de um vulcão no sul do Chile. E enquanto eu controlava a náusea e olhava para as machucaduras sobre o meu corpo, enquanto me permitiam finalmente sentar e apreciar a paisagem deslumbrante dos lagos e vales abaixo, dos demais vulcões e da cordilheira ao meu redor, eu decidia que não iria mais escalar os outros 600m até o topo fumegante do vulcão. Simples assim.

Nesse instante, uma forma de iluminação surgiu para mim. A felicidade estava aqui, e não lá acima. Chegar ao topo não vale a pena. Chegar ao topo é um ato de insanidade. O topo é, como a superfície da Lua e da Groenlândia, algo para o qual simplesmente não fomos construídos. A felicidade fica centenas ou milhares de metros abaixo, e saber disso pode ser a diferença entre uma vida feliz e outra simplesmente dolorida e desperdiçada em subidas sem sentido e descidas frustrantes. As verdades a que eu cheguei, e que espero que possam ajudar ou mesmo salvar outros seres humanos de um destino trágico, são listadas abaixo. Aproveitem, espero.

1. Se altitude realmente valesse alguma coisa, o Nepal teria conquistado o mundo.

Não temos por que gastar nossas energias e vida em exercícios de futilidade. Nosso tempo é curto, nosso fôlego mais ainda. Fomos geneticamente modificados para viver em shoppings e à beira de uma praia com serviço de bordo. Em breve vamos abrir mão da coluna vertebral, substituída por um sofá bioconstruído em nossas costas. Nosso lugar de direito não é no topo, mas sim num ponto conveniente abaixo dele. Não permitam que ninguém, muito menos um guia de montanha, que é essencialmente um pulmão montado sobre coxas de Scania — nunca permitam que seja ele a determinar os seus objetivos por você.

2. O topo fica sempre além do que você realmente precisa ou deseja.

Cá estava eu, seiscentos metros abaixo da cratera tabagista daquele vulcão, me sentindo profundamente feliz pela decisão tomada de não ir até lá em cima. Eu olhava os demais pobres coitados, que não tinham recebido a mesma iluminação que eu, reunindo as suas últimas forças para a arremetida final, para subirem os demais metros e poderem então ser envenenados pelos gases da cratera. Entre nós, quem dominava a arte de saber de si mesmo e se poupar de sofrimento inútil? A sabedoria era minha, mesmo que as pernas pertencessem a eles. Mas se isso fosse critério de superioridade, quem mandaria no mundo que não as mulas?

3. Objetivos são algo sério demais para serem estabelecidos no curto espaço de uma vida.

Essa vida é apenas um ensaio. Portanto, como partirmos para definições se essa passagem pelo mundo serve apenas como reconhecimento do terreno? Deixemos de lado as certezas, deixemos de lado também as dúvidas, para nos concentrarmos no que realmente interessa: quem fica com quem, e quem vence a Libertadores Toyota nesse ano. Lembrando sempre que, para todo o resto, existe Mastercard.

4. Baixe e rebaixe os seus parâmetros de qualidade até o ponto em que eles cessem de existir.

Não estamos aqui para mostrarmos a um Deus que fomos bons, que fizemos o dever da escola direitinho e que podemos morrer em paz. Liberdade significa o prazer de nunca realmente sabermos do que somos ou não capazes. Chegar ao topo não nos deixa outra coisa na vida que não vivermos abaixo dele. Ignorar qualquer limite significa a felicidade de vivermos sempre sob a possibilidade de ascensão. Saber que poderíamos ir adiante é certamente melhor do que saber que somente podemos nos mover para baixo. Ignorar o que existe acima ou adiante é ainda melhor. Viver nessa escuridão deixa sempre a luz como um futuro possível. Vivermos sem saber qual tipo de invertebrado somos é uma forma superior de tranqüilidade.

5. Nunca revele seus planos a quem quer que seja para não ser cobrado depois.

Era isso. Ao voltar para meu escritório no Brasil, eu iria dizer simplesmente que tinha subido 2.200 metros de vulcão ativo. Iria poder usufruir da admiração incontida da minha gerente financeira. Iria ver nos olhos dos meus sócios a inveja em seu estado bruto. Iria poder dizer para os amigos que a vista do alto do vulcão era a mais bela que jamais tinha apreciado. Iria mostrar as fotos, posar de herói e ainda responder com desdém se alguém quisesse saber mais sobre o vulcão e sua lava inútil e saltitante.

Eu não tinha que provar coisa alguma. Isso era perfeito.

Ao voltar deslizando pela neve, eu era um sujeito ao mesmo tempo realizado e indescritivelmente feliz. Eu tinha feito algo único e de que poderia me orgulhar, sem, no entanto, ter destruído cada fibra muscular no processo. Eu era alguém melhor do que o eu que tinha iniciado a subida, e ainda estava vivo e respirando sem o auxílio de instrumentos. Eu era um eleito.

O mundo fica aqui abaixo, aqui ao lado. Ele tem água e ar, não existe a mais de trinta e cinco ou a menos de zero grau Celsius. Somos vertebrados, bípedes, mamíferos de temperatura constante, dotados de um telencéfalo altamente desenvolvido e um polegar opositor que serve para abrirmos uma cerveja na temperatura certa e pedirmos carona em vez de caminhar. Essa é a sabedoria maior, e nos afastarmos dela é a receita certa para nossa infelicidade.

AS SETE GRANDES VANTAGENS DA DEPRESSÃO CRÔNICA

(ou Manual do spleen para deprimidos amadores)

Marcelo Moutinho

Não obstante servir como alvo permanente da condenação dos profetas do otimismo fácil, a depressão representa um importante elemento motopropulsor da criação artística. É sabido que a melancolia constituiu traço inequívoco da personalidade de alguns dos mais célebres nomes do meio cultural e artístico — escritores, dramaturgos, cineastas, pintores e escultores que, seguindo caminho contrário ao apregoado pela filosofia *nouveau riche* da auto-ajuda e apostando no *spleen*, conquistaram lugar e fama no olimpo do sucesso, seja durante a vida, seja *post mortem*. Mas se parece fácil conquistar espaço cativo nesse disputadíssimo mercado, desfrutar de seus privilégios é prerrogativa de poucos. Somente aqueles que atentam para os benefícios associados a um verdadeiro estado depressivo crônico conseguem usufruir, efetivamente, de tais regalias.

Chega de ouvir as pessoas dizendo para você desentocar, sair de casa, ir ver um filme, andar de bicicleta, fazer um curso, olhar para o céu, constatar que o sol pode iluminar a sua vida. Reaja! Defenda seu direito à angústia profunda, ao baixo-astral, ao pessimismo, lembrando e reafirmando dia após dia ("é só por hoje") as sete grandes vantagens da depressão crônica:

1. Capacidade de mobilização — Quando você é um depressivo crônico, forma-se uma verdadeira e extensa rede de afetividade à sua volta. Parentes, amigos, colegas de trabalho, todos se mostram 24 horas por dia preocupados com sua saúde e seu estado de ânimo, estimulando programas em grupo e emprestando generosamente as suas companhias. Em suma: você nunca será um indivíduo solitário.

2. Personalidade de referência — Em oposto ao que se imagina, o indivíduo dominado pelo *spleen* goza de extrema popularidade. Ele é invariavelmente lembrado, mesmo em conversas alheias — e em geral acarretando apaziguação. É muito comum que amigos, diante de situações-limite, recorram ao nome do depressivo para tranqüilizar seus interlocutores: "Calma, que eu não sou Fulano", "Está pensando que vou ficar que nem Sicrano?".

3. Manutenção da boa forma — Um legítimo deprimido costuma carregar a tiracolo sinais claros de anorexia. A baixa ingestão de calorias resulta em economia nas despesas mensais, entrava os riscos da obesidade e garante um corpo magro, preceito tão importante na atual sociedade.

4. Garantia de atenuantes — Em razão de estar habitualmente às voltas com remédios repletos de efeitos colaterais, o depressivo goza de atenuantes exclusivos de seu estado e que o distinguem do restante da população. Diante de uma gafe, de uma atitude reprovável, de uma frase mais grosseira, ou mesmo de um equívoco ou uma falta no trabalho, ele sempre tem na manga uma ótima justificativa: "É que hoje não tomei minha fluoxetina", "Ontem acabou a risperidona..."

5. Ar de conteúdo — Você não consegue imaginar um depressivo crônico saltitando em meio a uma micareta, certo? Isto porque o deprimido mantém, como marca inata, uma aura de conteúdo, um ar de quem leu todos os livros, viu todos os filmes, peças, exposições, e dedica quase todo o seu tempo à admirável missão de meditar sobre os sentidos da existência.

6. Estilo *cool* — A recorrência das cores pretas no vestuário assegura um estilo *cool* que nunca sai da moda. Pelo contrário: ao reafirmar seu tipo clássico diante das novas tendências, o depressivo conquista uma imagem de autonomia e bom gosto. A fidelidade aos cortes sóbrios e aos tons escuros tem a vantagem adicional de evitar constrangimentos, como o de deparar, muitos anos depois, com sua imagem coberta de trajes ridículos em velhas fotografias.

7. Distância dos chatos — Vendedores de coisas inúteis e sua forma mais contemporânea — os atendentes de telemarketing — mantêm-se afastados dos depressivos crônicos. Convencer um indivíduo essencialmente melancólico a comprar ou associar-se a determinado serviço é tarefa árdua. Basta ao sujeito em depressão festejar o chamado recebido — "Que bom que você ligou, estou precisando tanto conversar..." — e eles desistem imediatamente.

Percebeu? Não é qualquer um que pode gozar de tantos benefícios. E se ainda assim você for vítima de alguma recaída e de repente começar a sentir que no fundo do poço existe uma mola, a acreditar que o mundo pode de fato se transformar repentinamente num imenso e delicioso Prozac, recorde-se do princípio elementar da depressão: você não é especial. A exemplo dos outros milhares de habitantes do planeta, é apenas mais um pobre-diabo condenado à morte desde o nascedouro. Mas pelo menos tem noção disso.

COMO APRIMORAR UMA HABILIDADE ANCESTRAL: A MENTIRA

Maria José Silveira

Um amigo Ph.D. em Filosofia, David Livingstone Smith, fez uma descoberta tão óbvia que parece a de Colombo ao colocar o ovo em pé.

"A evolução seleciona as características que são mais vantajosas do ponto de vista da sobrevivência", ele diz, reafirmando Darwin, e acrescenta: "A mentira é uma delas."

É porque a mentira é — e sempre foi — vantajosa do ponto de vista da sobrevivência do ser humano que ela é hoje uma característica da espécie.

Faz parte do equipamento mental que o ser humano adquiriu e vem aprimorando na luta pela sobrevivência. Mentir, dissimular, ocultar é parte necessária para a preservação da espécie.

Depois que é dito, isso parece tão verdadeiro que não necessita de explicações. Como o ovo.

David é radical, no entanto: afirma que mentir é tão natural quanto respirar, caminhar, falar e fazer sexo. Argumenta e mostra (brilhantemente!) como a evolução da estrutura do cérebro humano vem desenvolvendo essa necessidade de mentir para sobreviver. Há milhões de anos.

Não é à toa, portanto, que alguns mentem superlativamente bem!

Para sobreviver, conseguir trabalho, se dar bem com os amores e os amigos, e não enlouquecer, é preciso mentir mais e melhor.

Alguns exemplos iniciais

No começo, evidentemente, a habilidade de mentir ainda não estava muito bem treinada. Por isso, quando Deus perguntou:
"Eva, foram vocês quem morderam essa maçã?"
Ela ruborizou, titubeou e olhou desesperada para Adão, que fingiu estar olhando para outro ponto distante, justamente do lado oposto. Por essa reação típica de péssimos mentirosos, iniciantes, Deus nem precisava da denúncia da serpente para saber que os dois estavam mentindo.
Corolário: se a capacidade de mentir já estivesse evoluída neles como hoje está em nós, ainda estaríamos na vida mansa.
Já Caim, cujo treinamento foi um pouco mais extensivo, se saiu melhor, e quando Eva, distraída, perguntou:
"Filho: quem está gritando assim como um alucinado com dores lancinantes não é Abel?"
Ele, tranqüilo, pegou seu pedaço de carne crua e falou de boca cheia (os hábitos à mesa também estavam no começo de sua evolução):
"Abel está dormindo, mãezinha. Esses gritos são da mulher do macaco aí do lado. Os dois já estão brigando de novo."
Mais tarde (ou terá sido antes? Qual foi mesmo a era em que Adão e Eva viveram? Pleistoceno Superior?), os gritos de "Não fui eu!", "Não fui eu!", correram mais do que dinossauros e mamutes pelos campos da nossa pré-história.
Quem soube convencer o outro sobreviveu.

A situação atual

A história do nosso mundo está repleta de exemplos assim: mentiras que deram certo, outras que deram errado, no meio de toda a confusão, ruído e fúria que trouxe o ser humano incólume (foi?) até o século XXI.

A verdade é que essa luta do mais forte por um lugar ao sol tem dado resultados questionáveis, mas não por culpa da mentira que vem se aprimorando bastante no decorrer desses milhões de anos.

Continua sendo uma bela vantagem quando bem usada. Continua ajudando a espécie humana a manipular seu grupo social, como ajudou nossos ancestrais.

Os bons mentirosos foram os que conseguiram — e conseguem — melhores salários, mais status, cônjuges com mais saúde (porque comem e se cuidam mais) e filhos cheios de aptidões evolutivas (idem).

Os vencedores sempre souberam mentir mais e melhor.

Mesmo no caso da mera sobrevivência, a convivência humana sem a mentira seria não só insuportável, como impossível.

Já imaginou se você dissesse a verdade para todos que encontrasse e a recíproca fosse verdadeira? Quanto tempo levaria para você desistir de tudo e correr para se internar no primeiro hospício?

Meu objetivo aqui, portanto, é apenas fazer você entender melhor essa sua habilidade congênita — se é que você está precisando de alguma lição sobre isso.

Se estiver, preste atenção.

As mentiras se subdividem em duas categorias básicas.

A mentira defensiva, totalmente darwiniana: é a mentira inocente. A que se pratica desde o berço e é muito bem treinada na infância, quando a cada pergunta de "Quem foi que fez isso?", o pequeno indivíduo em formação responde com a cara mais inocente do mundo, "Não sei". Em geral, não machuca ninguém e apenas evita que aquele que a usa passe por um mau pedaço. O problema começa quando a criança cresce e tem de se defender das conseqüências de suas próprias mentiras. Aí, talvez, comece a perder seu ar inocente, ou talvez não. De qualquer maneira, é sempre usada na defesa e não no ataque.

Já a mentira agressiva é aquela praticada pelo conquistador. É a que tenta justificar a aniquilação do mais fraco. É a que Bush, por exemplo, usou e abusou para invadir o Iraque. É das mais populares entre os países, mercados e campos e locais de trabalho, como você já deve ter percebido.

Quanto à forma, as mentiras se subdividem em duas modalidades: a deliberada e a inconsciente.

A mentira deliberada é difícil para alguns e, para outros, facílima. Os menos capacitados na escala de evolução, mesmo depois de todo o treinamento da espécie, ainda hoje não são lá grande coisa na forma da mentira deliberada: gaguejam, ruborizam (como Eva), fazem cara de quem acabou de chegar ali naquele instante e tentam simular não ter a menor idéia do que é que está se passando. Na maior parte das vezes, se dão mal.

A mentira inconsciente é, verdadeiramente, a mais ancestral. Tão ancestral que faz parte do funcionamento da nossa psique. É aquela que você já nem sabe mais que é mentira. É a mais convincente e também automática, explica David. É, por exemplo, a resposta do "Tudo bem" à pergunta de "Bom-dia, como vai?"

Em geral funciona a contento e tem um inegável papel no equilíbrio social: já pensou se você pára a pessoa que lhe fez a automática pergunta com ar de grande simpatia e lhe conta todo o drama que vem enfrentando nesse seu dia? Nunca mais ouvirá essa pergunta partindo dela: a pobre fará de tudo para jamais se aproximar de você outra vez.

Quanto à sua utilidade para a espécie, as mentiras se subdividem também em duas: para os outros e para si mesmo.

É verdade, a mentira para si mesmo existe, e não é nem a mais difícil. É o conhecido auto-engano; aliás, a condição para sua boa saúde mental. É a que evita que você fique (completamente) louco. Em geral, diz David em sua tese, os deprimidos são os que têm essa habilidade pouco desenvolvida.

Já a mentira para os outros é a clássica, a que lhe permite viver seu dia-a-dia sem provocar grandes desastres, ruínas e, em certo nível, a própria destruição da sociedade (pelo menos da sua).

Sugestões para seu aprimoramento

Agora, a parte boa: como aprender a mentir mais e melhor.

Algumas pessoas têm essa habilidade congênita bem mais desenvolvida do que outros. Desnecessário dizer que a classe política sobressai nesse aspecto. Mas na espécie em evolução, como um todo, os mecanismos da dissimulação e falsidade são continuamente aprimorados.

Exemplos da sofisticação desses primores podemos ver todos os dias a toda hora em todos os lugares. Jornais, TVs e encontros sociais são entretecidos por eles.

Para ter lições práticas, portanto, e se aprimorar, é fácil: basta olhar com atenção para o mundo à sua volta.

Foi assim que, hoje, por exemplo, fiz uma nova aquisição evolutiva observando um dos nossos próceres do momento. O prócer que, ao ser pego publicamente em uma mentira, não titubeou nem ruborizou como Eva, mas apenas se justificou, com cara de ofendido, afirmando não ter "se apegado à acepção estrita" do termo que inicialmente usou. (*Importante!* A cara de ofensa e ultraje é condição necessária para fazer a correção de uma versão dada anteriormente.)

De fato, uma pérola de sofisticada lapidação.

Depois dessa, qualquer outra lição torna-se, pelo menos por hoje, desnecessária.

Para finalizar, um pequeno teste de compreensão.

O texto que você acabou de ler contém pelo menos uma mentira deliberada e provavelmente várias mentiras inconscientes.

Quem detectá-las concorrerá a um prêmio, caso se dê ao trabalho de enviar o resultado para zezesilveira@hotmail.com.

Só não vale me chamar de cínica, pois não o sou. Não passo de mera sobrevivente de nossa evoluída espécie.

WINNER NA PRAÇA LOSERVELT

Mário Bortolotto

Acho que foi o meu amigo Nick Cassady quem falou:
"Ah, então essa é a Praça Loservelt."
Ele se referia à Praça Roosevelt, onde cultivamos o insano hábito de beber todas as noites. Em São Paulo talvez seja o maior ponto de encontros de perdedores natos: Dramaturgos que insistem numa temática desagradável, poetas que insistem em escrever poesia e só por isso já podem ser considerados perdedores profissionais, escritores venerados pela crítica e sem dinheiro pra comer uma esfiha, diretores de curta-metragem em digital (nunca em película, e notem que eu disse "curta-metragem") e atores e atrizes de peças experimentais.

Gente que nunca vai ganhar crachá de VIP em nenhuma festa importante, a não ser que mude de vida urgentemente.

Por isso, Nick Cassady se referiu à praça dessa maneira.

E por isso a gente continuava bebendo por lá, invariavelmente. Eu sou um dos Dramaturgos de temática desagradável. Há outros como eu, mas minha ética loser não permite que eu entregue todos eles. Nós também temos ética, ou talvez ninguém mais tenha nesse mundo, além da gente.

Nós freqüentamos o *Bar do Trovão*, onde é possível ouvir jazz e ficar falando mal dos caras que fazem sucesso. O Trovão é um barman de estilo metrossexual, com suas bandanas e colares, motivo de chacota impiedosa por parte dos freqüentadores pré-históricos do seu boteco, curtidor de John Coltrane e Miles Davis, sempre camarada com os freqüentadores do seu boteco. Como somos loser de carteirinha, às vezes somos acometidos de idéias dignas de causar enjôo em qualquer sujeito bem-sucedido com o mínimo de estabilidade profissional. Em resumo, a gente abusa da camaradagem do Trovão.

"Ei, Trovão, essa taça de vinho tá muito cara. Nós vamos até o mercado, compramos uma garrafa de vinho e a gente continua bebendo no seu bar, só que do nosso vinho. Espero que esteja tudo bem pra você."

"Porra, Marião..."

"Ah, e ia ser legal se a gente pedisse uma pizza também."

Bactéria, que é um amigo que vende livros no Bar (Vender livros já é coisa de loser sem direito a qualquer redenção. Vender no Bar do Trovão me parece uma estratégia suicida.), costuma concordar.

"Acho que é ótima idéia. Manda vir uma de Calabresa."

"Você não se importa, né, Trovão?"

"Porra, Marião..."

"Legal então. Providencia uns talheres pra gente comer a pizza."

O Escritor Marcelo Mirisola costuma comparecer com um queijinho enquanto o Cassiano busca alguns pacotinhos de amendoim.

Um amigo agonizava na mesa do bar noites atrás. O Amigo em questão é ator. Um bom ator.

"Eu não entendo. Faço bem o meu trabalho e não consigo nada. Tô fodido, sem grana e devendo pra todo mundo, com a prestação do carro atrasada, sem dinheiro pro IPVA, gasolina... sem dinheiro sequer pra descer pra praia. Enquanto isso tem um brother nosso que tá fazendo dois filmes, uma peça superprodução e ainda vai fazer novela. Como isso é possível? Por que isso não acontece comigo?"

Tentei ser o mais didático possível.

"Negócio é o seguinte. Não adianta ficar com inveja do Cara. Ele faz por merecer. Ele trabalhou muito pra isso."

"Como assim, trabalhou? Eu também trabalho muito."

"Você não tá entendendo. O que é que você tá fazendo aqui, tomando cerveja com essa corja de vagabundos?"

"Vocês são meus amigos."

"Pois é. Começa aí. Amigos errados. Você não vai chegar a lugar nenhum bebendo com a gente aqui na Praça. Um bando de perdedores. Tem que trabalhar em prol da sua carreira."

"Você quer dizer que eu devo estudar mais?"

"Porra, você não entende mesmo, hein? A primeira coisa que você tem que fazer é parar de beber com a gente. Fica longe daqui, caralho. Compra uns pano mais *in*, freqüenta uma academia de ginástica, cuida da pele, faz *peeling* ou qualquer boiolagem dessas que eu vi dizer que é bom, procura uma agente, faz umas fotos com um fotógrafo fodão e leva em todas as agências, faz teste pra comercial, banco de imagens de televisão, vai à luta, Brother. E depois de tudo isso, tem que fazer o que eles chamam de 'trabalho de sustentação da imagem', sabe como? Tem que freqüentar os mesmos bares que esse tipo de rapaziada freqüenta (nesse momento alguns dos amigos que estavam na mesa começaram a passar mal), tipo o 'Spot', por exemplo, bar chique, não esses 'pé pra fora' em que a gente sempre enche a cara. Tem que forçar uma intimidade com todos os fodões do meio, tipo diretores de novela, diretores de casting de cinema, essa turma toda. E tem que puxar o saco dos caras. Lambe até o saco dos sujeitos esfregar no chão, sabe como é? (Dois levantaram e foram vomitar no banheiro. Um deles não conseguiu chegar até lá e vomitou numa árvore mesmo.) Quando for visitar a sua agente, leva pra ela uns chocolatinhos, sei lá, tem que levar o que eles chamam de 'agrado', tá ligado? Tenta aparecer em alguma dessas revistas de fofoca, pode ser uma foto com alguma celebridade. *Big Brother* tá valendo. É só freqüentar as festas certas. Tem festa todo dia, é só ficar ligado. Ah, e um detalhe muito importante: nunca fala mal de ninguém e de nenhum trabalho. Quando for assistir a uma peça ou a algum filme, fala sempre que foi du caralho, que os atores estavam 'maravilhosos', essa merda toda. Não vai se queimar com nenhum figurão. É importante manter boas relações com todo mundo."

"Até com você?"

"Algumas pessoas exageram."

"Só isso?"

"Pra começar tá bom."

"E você?"

"O que tem eu?"

"Vai ficar aqui tomando esse vinho vagabundo com esses caras?"

"É, eu vou. Gosto daqui. Boa sorte pra você."

"Tá bom, vou indo."

"Ah, e se qualquer hora dessas você passar pela gente e fingir que não nos conhece, fica na boa, tá? A gente entende."

"Ta bom. Valeu pela compreensão."

"De nada. Vai em paz e não peques mais."

E ele foi embora. Nós ficamos por ali, tomando aquele vinho vagabundo e falando de literatura e alucinações. Depois voltei a pé pra minha kitchenete e ouvi a coletânea do *Ronnie Lane*. Eu sequer tenho carro e nunca me preocupei com IPVA. A vida me parece boa. Bem boa.

COMO PUBLICAR CARTUNS PROTAGONIZADOS POR VOCÊ SABE QUEM SEM TER A CABEÇA DECEPADA NA MANHÃ SEGUINTE

Nelson de Oliveira

Faces de Maomé

Em 2005 o editor de cultura do jornal dinamarquês Jyllands-Posten pediu a cerca de quarenta cartunistas que desenhassem o profeta Maomé. O jornal recebeu doze cartuns de diferentes autores e os publicou acompanhados de um texto sobre a autocensura e a liberdade de expressão. Os cartuns causaram irritação e furor no mundo islâmico, pois para os muçulmanos a representação visual de Maomé é considerada ofensa grave. Os desenhistas foram ameaçados de morte e tiveram que viver escondidos.

Durante semanas ocorreram em diversos pontos do planeta numerosos protestos, alguns deles violentos. Para que isso jamais volte a acontecer, Nelson de Oliveira e Teodoro Adorno dão algumas dicas importantes de...

COMO publicAr cartUns protAgonizados por VOCÊ SABE QUEM, sem tEr a cabeça decepAda na manhÃ segUinte

NELSON DE OLIVEIRA (LERO-LERO)
TEODORO ADORNO (RABISCOS)

VOCÊ SABE QUEM veste capote da Zoomp, cinto da Kipling, chapéu da Rosa Chá, cueca da Triton, óculos da Arezzo, pírcing no testículo direito da M. Officer

1 Não use em hipótese alguma o verdadeiro nome -- psiu, silêncio! -- de VOCÊ SABE QUEM. Faça como Harry Potter e seus amigos: quando quiser se referir a Ele, diga apenas, por exemplo: "Ontem peidaram feio no elevador lotado. Ninguém desconfia quem foi, mas eu sei: foi o porcalhão do VOCÊ SABE QUEM."

2 Após desenhar,
mastigUe e engula o cartum.
Quando ele sAir nas fezes, rEcolha
tudO num tapauer, poNha o tapauer
numa caixA, a caixa numa maleta,
a mAleta numa mochila, a moChila
num armÁrio, o armÁrio num contÊiner e,
navegaNdo longe da costa dos pAíses
islÂmicos, atire o contÊiner
no mar.

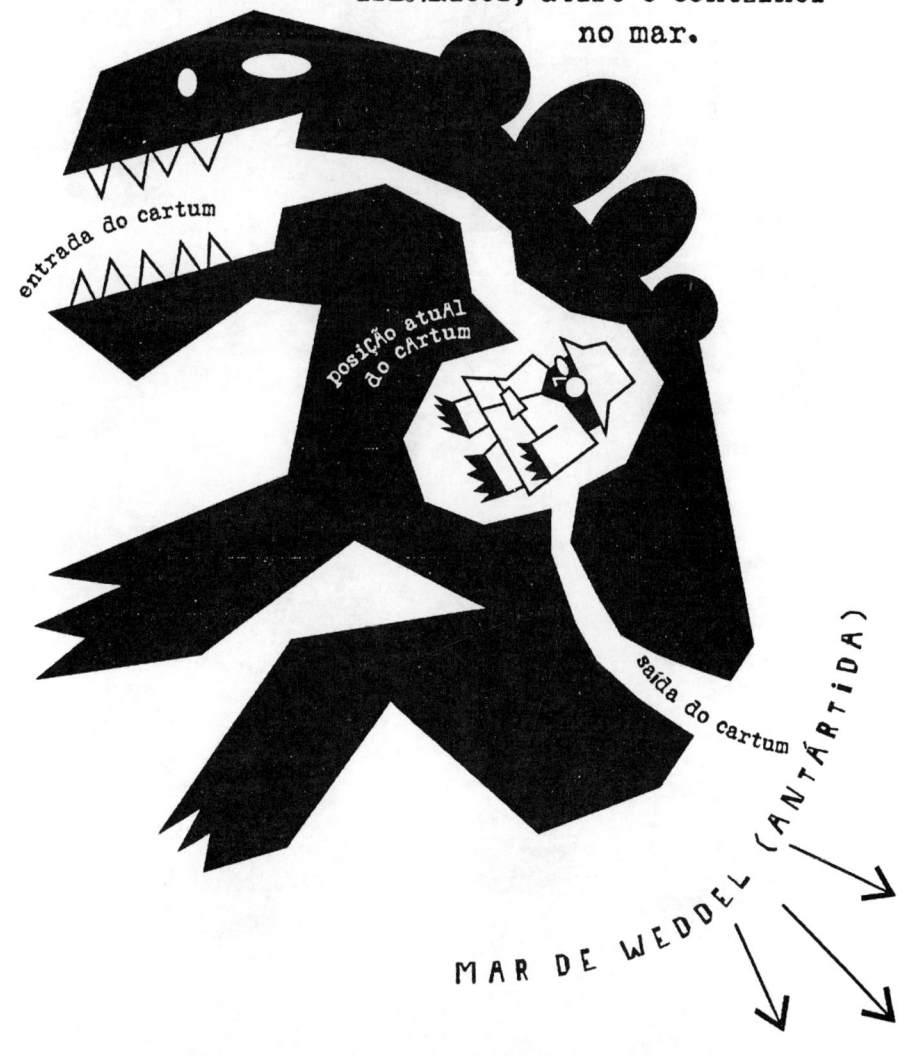

entrada do cartum

posição atuAl do cArtum

saída do cartum (ANTÁRTIDA)

MAR DE WEDDEL

3 Seja sUtil.
Esconda
VOCÊ SABE QUEM entre
dezEnas de outras pErsonalidades
irreLevantes e jamais digA
que elE está aí.

celebridade sabor tomate

celebridade sabor cueca

celebridade sabor maçã

sabor caqui

sabor chuchu

sabor acelga

sabor cebola

sabor limão

sabor abobrinha

sabor calcinha

sabor banana

sabor couve-flor

sabor tutti-frutti

sabor sutiã

sabor uva

sabor repolho

sabor pepino

sabor cotonete

sabor abacate

4 Outra
manEira segura de
exercer A liberdade de expressÃo:
os fundamentAlistas não poderÃo
exigir a cabeça do cartunista se VOCÊ SABE QUEM
estivEr usando um inoceNte disfarce.

tempo da razão

tempo da razão e tempo da emoção : bela sacada de mestre leonilson

tempo da emoção

5 Faça como
os prestidigitAdores
e os grandEs estelionatÁrios.
Distraia o leitor, chAme sua
atenÇão para algo que estÁ acontecendo
longe do l⊙cal do crime.

NÃO PARECE, MAS ESSES 3 INDIVÍDUOS ACABARAM DE ASSALTAR O CAMELÔ DA ESQUINA

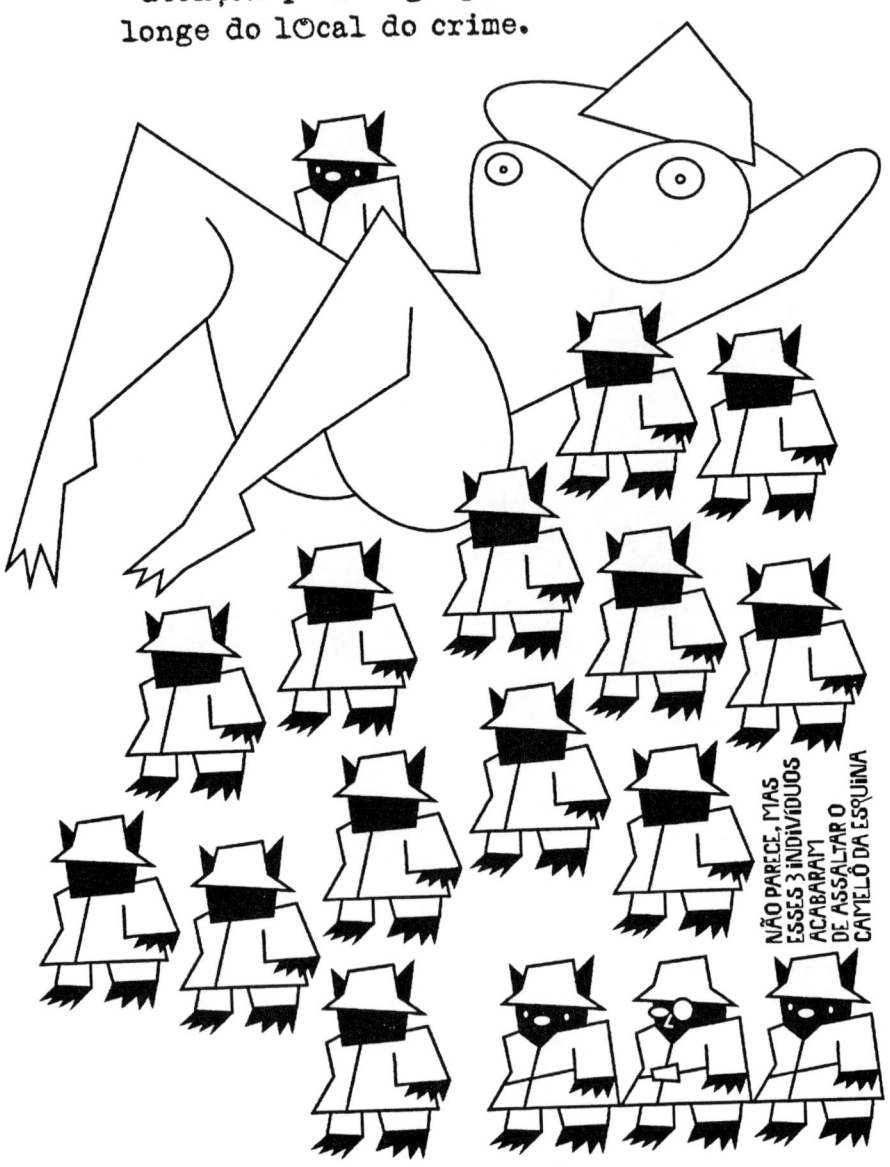

6 Outro recurso
bastAnte eficaz
é camuflar em acrósticos,
jogos dE palavras e anAgramas o
vErdadeiro nomE de VOCÊ SABE QUEM.

ele é MAU MÉdico, é sim!

MALdito MEcânico, meteu a MÃO no MEu fusca, fudeu!

bem me quer, MAL ME quer, bem me quer, MAL ME quer

MÓ gata, MEu! botei a MÃO MEnor no rabo e a MÃO Maior no pEitão...

Mil cenouras e duas mil
Alcachofras estressadas,
Ontem, no sacolão da Sé,
Marchavam contra a falta de
Ética das éguas transgênicas

rabo poético

7 Use tOda a sua desrEgrada imaginaÇão hermÉtica. Se o cartum for totalMente incomprEensível, nenHum filho do islÃ irÁ te pegAr de pau.

QUERIDA VIVIAN: VIVAAAVIVA!

VIAGEM VERBIVOCOVISUAL

SABE COMÉ QUIÉ, NÉ? JÁ FIZ DE TUDO COM AS PALAVRAS AGORA EU QUERO FAZER DE NADA

ah, menina, eu quis mudar tudo mudei tudo agora póstudo muda extudo

REVER

ENTÃO BEBAM COCA-COLA BABEM COLA BEBAM COCA BABEM COLA CACO CACO COLA CLOACA

no à mago do ô um olho mega um ouro um osso

8

Redija
os balões em código e,
abusando da perspectiva, esconda
VOCÊ SABE QUEM onde fanático algum
pensaria em procurá-lo.

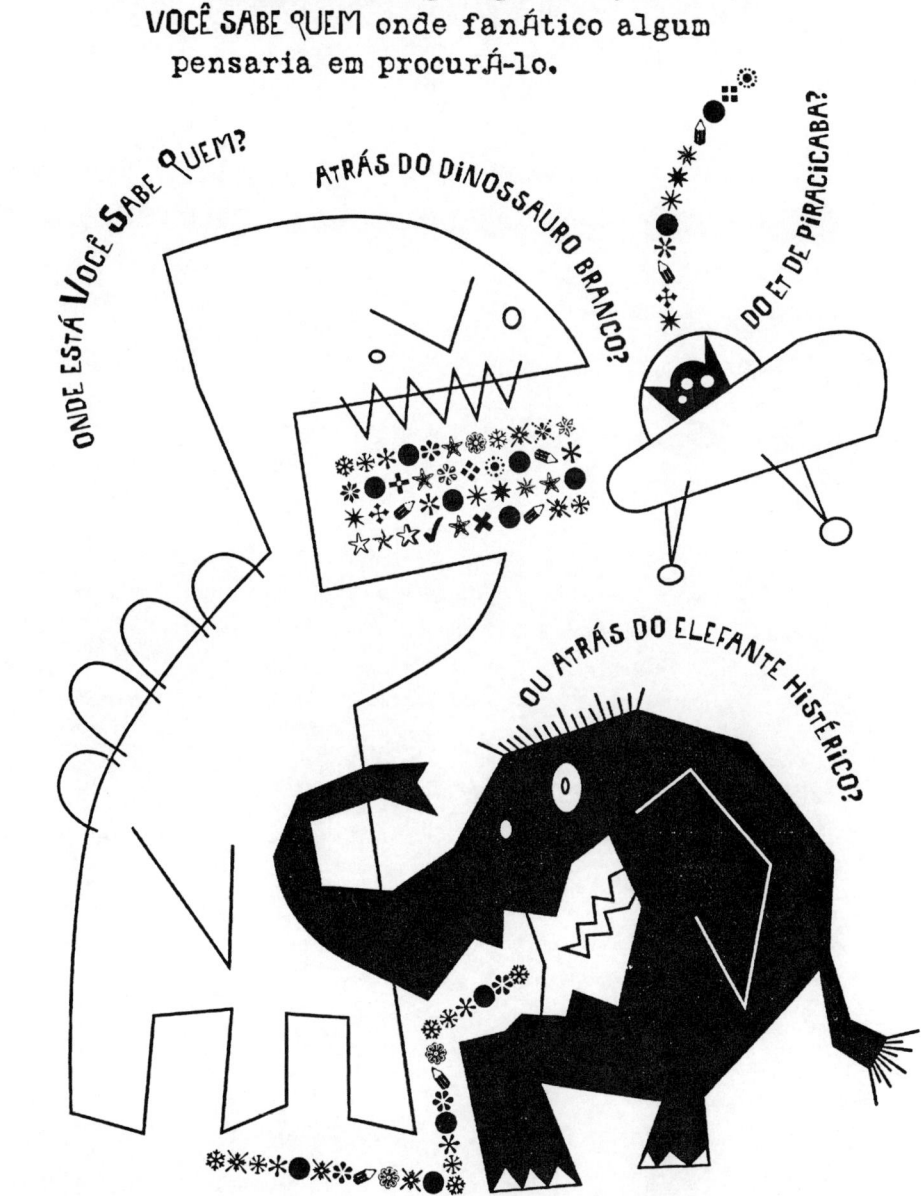

ONDE ESTÁ VOCÊ SABE QUEM?

ATRÁS DO DINOSSAURO BRANCO?

DO ET DE PIRACICABA?

OU ATRÁS DO ELEFANTE HISTÉRICO?

9 Use um equipamento de alta definição e amplie milhares de vezes um detalhe de VOCÊ SABE QUEM. Um fio de barba, por exemplo.

criaturas microscópicas que habitam o fio de barba de VOCÊ SABE QUEM

DA INDUÇÃO INDIRETA AO CONTATO INTERBUCOLINGUAL
— estudo de caso —

Dr. Reinaldo Moraes, Ph.D.
Pesquisador-visitante da Tropicalist Psycholorgy Medical School
of the Pacific Inespecific University (TPM-PIU), Hawaii, USA

CONSIDERAÇÕES INTRODUTÓRIAS

Toda pessoa cidadã possuidora de libido e imaginação em boas conduções de uso, além do correspondente interesse em exercitá-las nas variadas práticas amatórias exaustivamente descritas tanto na literatura científica como na do baixo rebolado, cedo ou tarde se vê e é vista na contingência de induzir alguém (outrora chamado de *outrém*) a colaborar na concretização desta ou daquela prática, por vezes não tão prática mas sempre satisfatória, de algum jeito e em alguma medida, ao menos para uma das partes envolvidas.

A questão pode ser tipificada por um leque de questionamentos específicos. Por exemplo: Como fazer sua esposa anuir no anal consigo? Como convencer o careta do seu marido a consentir num fioterra durante o tedioso conúbio conjugal? Como levar sua esposa ou seu marido a cair de boca no seu terminal geniturinário?

Grandes e candentes questões da mais alta contemporaneidade, já se vê.

Vale lembrar, porém, que não nos referiremos aqui às práticas e posições *en soi mêmes*, como diria Lacan. Reproduções visuais do multifário e apatifado sexo-em-si em seu amplo leque de orifícios, vãos, frestas e sub-reptícios interstícios corporais são hoje facilmente encontradiças nos abundantes sites da internet dedicados à nobre *ars amatoria*, entre outras *midia*. Vai daí, interessa-nos aqui e agora somente aquilo que não está visível nas fotos ou filmetes que o vulgo apoda de "de sacanagem".

Ah, já ouço o leitor ciciar: estará o autor se reportando à velha e boa arte da sedução, explorada à exaustão por poetas, prosadores, filósofos, psicanalistas, dramaturgos, cineastas e rufiões da zona, e que tem por fim prepúcio, perdão, precípuo, abduzir o centro desejante da mente do outro (*L´Autre*, apud Lacan) instigando-o a direcionar o seu (dele) *animus fornicandi* graciosamente para nós (eu, tu, nós) e na modalidade que mais se aprecia?

Boa pergunta, leitor, boa pergunta. Meio comprida e tal, mas boa pergunta. E a resposta, objetiva e concisa, é um simples e anasalado não. *No, no, no, no, no!*, como diriam Lennon & McCartney.

Deixemos tão sublime tarefa a cargo daquelas privilegiadas mentes de artistas e pensadores, ou mesmo dos best-céleres oportunistas que pululam no mercado editorial *low-brow*, por assim dizer. Estes já se incumbiram ou vêm se incumbindo a contento de iluminar as diferentes formas de sedução e seus diversos propósitos, que podem ir desde a notável "rapidinha" da hora do almoço até alguma soez sujeição psicológica do tipo que já rendeu não poucos filmes suecos e inúmeras teses francesas.

Diversamente, haveremos de assumir neste estudo de caso um enfoque mais objetivo — mais *técnico*, diríamos —, de modo a que amplas camadas da população, das mais frescas e cremosas às mais enrijecidas pelas vicissitudes e pelos anos, poderão lançar mão dele para a consecução de seus objetivos idílicos ou francamente libidinais, ou até de ambos, se for o caso.

Antes de prosseguir, peço calma e serenidade a todos, *romans and citzens*, para citar o divino bardo de Stratford-upon-Avon. Não é nossa missão intentar aqui um manual de técnicas de sedução voltadas a práticas sexuais específicas (oral, anal, vaginal, masturbal, anal, animal, floral, anal, espiritual, anal, etc.), muito embora tal empreendimento inscreva-se no horizonte de nossas cogitações intelectuais futuras, se obtivermos, como é natural, o devido apoio financeiro através da renúncia fiscal prevista nas leis Rouanet e Mendonça.

Diversamente, nosso foco é muito mais anterior a quaisquer daquelas técnicas específicas de convencimento, a ponto de se poder afirmar sem exagero que todas elas dependem dele, tirante, como é óbvio, as solitárias, as quais só necessitam da anuência das donas Mariquita e Maricota, beneméritas senhoras sempre disponíveis a disponibilizar seus préstimos eróticos a quem quer que seja, tirante os bimanetas. Falo da *técnica de convencimento bucolabial*, cujo objetivo é provocar a eclosão do assim chamado *beijo*, sem o qual, repetimos, não se logra alcançar nenhum outro regalo afetivo e sexual de quem quer que esteja na mira do meu, do seu, do nosso também assim chamado *tesão* (*désir*, apud Lacan).

É de fato o beijo o fator desencadeante de todo o interessante ciclo das penetrações e sucções, canônicas ou safopolimórficas, que caracteriza o mundo habitado pelos amantes consensuais, constituindo-se, outrossim, o referido beijo, na áurea maçaneta do portal dos prazeres de que já falavam egípcios, gregos, vikings e baianos em geral.

Como obter o primeiro beijo — eis o ponto vélico da nossa explanação, ao qual poderíamos ter chegado bem antes, é bem verdade, mas, enfim, fazemos o que podemos, carambolas.

O CASO

Embora pedir simplesmente um beijo à pessoa amada ainda possa render excelentes resultados sob determinadas condições de temperatura, pressão e mútua empatia sensorial, veremos que há outros caminhos, e mais seguros, para se obter o mesmo efeito-demonstração labiobucal que, nas histórias quadrinizadas e nas cançonetas populares, costuma ser onomatopeizado ora como *smack*, ora como *splish-splash*.

Tomemos, pois, o indivíduo A, protagonista do nosso estudo de caso. Portador de renitente timidez, e temendo a possibilidade de uma humilhante recusa por parte da amada, a indivídua B, o indivíduo A achou por bem lançar mão de um método indireto e ardiloso para consumar o sonhado primeiro contato bucolabial com a referida senhorita.

O método em pauta foi apelidado pelo próprio indivíduo A de "Operação paella marinheira" e não implica de fato grandes segredos ou dificuldades, embora demande certo grau de talento interpretativo, um tanto de mão-de-obra e algum dispêndio monetário, como se poderá constatar a seguir.

Tudo começou quando o indivíduo A procurou a indivídua B na redação do jornal onde ambos trabalham a fim de comunicar-lhe, o mais casualmente possível, seu desejo de matar saudades da velha e imorredoura Espanha de Cervantes e Don Ronaldiño Gáutcho, onde havia morado, preparando uma paella marinheira "lá em casa hoje à noite. Tafim de dar um chêgo lá?", como se registrou ter ele dito de viva voz à colega. Surpresa com o convite, pouco usual nas redações do país, a jovem e novata Indivídua B aceitou de bate-pronto, tendo combinado com o indivíduo A de chegar às vinte e uma horas em sua — dele — casa.

Ato contínuo, trêmulo de excitação nervosa, o indivíduo A ligou para um restaurante espanhol próximo a sua casa e encomendou para logo mais à noite a entrega de uma autêntica *paella mariñera*, que, além de frutos do mar, frango e demais pertences de praxe, leva também boa quantidade de peixe.

Findo o expediente, abalou-se o palpitante e sempre timorato indivíduo A para o seu apartamento, onde vestiu um avental elegante e recepcionou a quentinha que chegava do restaurante espanhol, despejando seu conteúdo numa paelleira adquirida dias antes especialmente para esse fim, em aço inoxidável, um lustroso luxo.

Quando o ponteiro do relógio se aproximou das nove da noite, o *metteur-en-scène* da grande maquinação deixou a paelleira no fogão em fogo brando, tomando antes o cuidado de espalhar utensílios de um sujo recente e temperos variados pela pia e toda a cozinha, a simular vestígios de seu pretenso labor culinário. A indivídua B chegou finalmente às nove e quarenta e cinco, visto ser a pontualidade uma gafe imperdoável na mulher moderna.

"Oi, como vai, que cheiro bom é esse??? É a paella?!", teria exclamado a indivídua B, segundo consta da documentação do caso. "Pode crer," respondeu o indivíduo A, servindo à comensal um vinho branco gelado de boa qualidade e conduzindo-a à cozinha onde soube sorrir com modéstia quando, com a ponta de um garfo, ela provou da paella ainda no fogão e declarou em êxtase moderado que "Porra, tá du caralho, quem diria: topar com um jornalista que sabe fazer paella! Quase tão difícil quanto encontrar um que saiba ganhar dinheiro!"

Não demorou muito e já estavam ambos à mesa procedendo à deglutição da paella como se este fosse o principal motivo de estarem ali reunidos na mais pura e inocente camaradagem *after-hours*, ouvindo qualquer coisa com castanholas de fundo musical, provendo suas taças do vinho branco da segunda garrafa e desfiando um rosário de banalidades mais ou menos refinadas, tais como discutir se Win Wenders estava definitivamente morto como cineasta e onde teria ido parar aquela bactéria devastadora que assolava o salmão do sushi consumido em São Paulo, tempos atrás. O indivíduo A, vale dizer, tomou o cuidado de não tentar nenhum tipo de aproximação ou toque, nem físico nem verbal, de caráter erógeno, de maneira a deixar sua colega de trabalho em absoluto repouso espiritual, de guarda baixa e coração leve, como convinha a seus planos táticos.

Ali pelo fim do repasto, o indivíduo A, para espanto e mesmo horror da indivídua B, interrompeu uma frase no meio para emitir um berro lancinante e agarrar a própria garganta com as duas mãos crispadas, numa simulação canhestra de um engasgo mortal.

"Espinha de peixe!", bradou ele, expelindo alguns grãos de arroz amarelecido pelo açafrão espanhol, em meio a tosses convulsas que bem rápido evoluíram para um quadro *fake* de sufocamento mecânico, com o farsante sucumbindo de costas no chão a clamar por ajuda através de esgares e grunhidos atrozes.

Uma vez prostrado no tapete, e tendo sua comensal agachado a seu lado, imersa em confusão e angústia, o falso agonizante fazia repetidos sinais na direção da própria boca a emitir o pedido estertorante: *Ar! Ar!* – elemento singelo da natureza que lhe foi prontamente fornecido pela colega numa respiração boca-a-boca exemplar.

Eis tudo: lá estavam finalmente os lábios da indivídua B colados aos do indivíduo A, como era o intento deste último. Restituído pantomimicamente à vida, o indivíduo A expressou sua gratidão reforçando o contato labial com a indivídua B através de habilidosas evoluções linguais e alguma manipulação mamária, e dali ao primeiro envelope de preservativo rasgado no quarto foi um pequeno passo para o homem, mas um grande piço para o mesmo homem, o nosso indivíduo A, que com aquela estranha palavra resumiu mais tarde aos amigos o que sucedeu a seguir.

Ressaltamos que o leitor poderá exercitar essa técnica com qualquer outro prato que leve peixe, sendo a moqueca capixaba uma opção muito mais barata e igualmente eficiente.

COMO CONTINUAR GOSTANDO DE VIVER MESMO À BEIRA DA DESTRUIÇÃO TOTAL DA HUMANIDADE

Rodrigo Lacerda

Já encarei o futuro com um tipo ameno de pessimismo. Um pessimismo preventivo, digamos assim. Não era um pessimismo completo porque, no fundo, eu não esperava sempre pelo pior. Aliás, se acontecesse sempre o pior, eu ficaria muito decepcionado. Mas, a todo instante, eu exercitava minha capacidade de resistir à frustração, me convencendo de que nada iria funcionar.

O que ganhava com isso? Bem, para começar, se tudo de fato desse errado, eu já estaria psicologicamente preparado para o fracasso. E se as coisas dessem apenas meio certo, eu já ficava feliz.

Mas, de uns tempos para cá, mudei. O pessimismo deixou de ser uma estratégia para controlar o meu otimismo de aprendiz, a minha autoconfiança escondida, a minha utopia tímida. O futuro, de certa forma, já chegou, ou pelo menos se desenhou, e já sei que não é como eu esperava. O pessimismo preventivo perdeu o efeito de me fazer feliz com pouco.

Agora assumi uma nova atitude. Eu realmente acredito no pior. Sou um pessimista autêntico. Realmente acredito que as coisas não vão funcionar. Nem no futuro mais longínquo. Realmente acredito que a humanidade está condenada. E que nunca, nem no meu leito de morte, poderei sentir e dizer: "Fiz tudo que queria."

O meu novo pessimismo, porém, não me deixou tão infeliz quanto seria de se imaginar. E isso é estranho. Sempre imaginei que o pessimismo autêntico era o caminho mais curto para a miséria existencial. Mas eu continuo gostando da vida, embora não veja nada de bom a caminho.

Por exemplo, em relação ao planeta. Só os alienados completos não são pessimistas quanto a isso. Já está na cara que a espécie humana vai ser expulsa daqui. Como, num prédio, são expulsos os vizinhos que não contribuem para a manutenção, não pagam o condomínio, não reciclam, não estão nem aí para as infiltrações, ou para os próprios filhos barulhentos. E que peidam no elevador, claro.

Afinal, são os gases que a nossa espécie emite que estão abrindo um buraco na atmosfera, por onde vão passar raios solares ultrafortes. Juntos, são estes gases e raios que irão criar as condições do nosso extermínio.

Vamos tentar fugir disso, claro, e então, antes de acontecer o inevitável, levaremos nossa superpopulação para longe do sol, provavelmente para algum tipo de cidade subterrânea. Teremos usinas que farão o tratamento do ar. Lá fora, na nossa nostalgia de vida natural, a pestilência acumulada e o efeito estufa reinarão.

É claro que, para muitas coisas, não vamos poder deixar de nos expor ao contra-ataque da natureza. E uma delas vai ser para conseguir água. Seremos gente demais no planeta, para água potável de menos.

Só que aí os descontroles ambientais finalmente chegarão ao seu auge. Terremotos, furacões, tsunamis, incêndios, vulcões... vai ser um longo cardápio. Um atrás do outro, esses cataclismos destruirão, em relativamente pouco tempo, as bases da civilização que os produziu.

Nossa fantasia de explorar e reciclar infinitamente o meio natural terá cumprido sua parábola suicida. Todas as nossas usinas de dessalinização da água do mar e de tratamento do ar serão arrasadas.

Bem como as nossas cidades debaixo da terra, onde muitos de nós hão de perecer. O sol vai nos fritar, os gases envenenados vão nos defumar, e a falta de água nos deixará sequinhos e crocantes.

No desespero, a volta ao nomadismo será a única chance de sobrevivência. Vastos contigentes humanos migrarão para onde houver água, comida e ar puro. As divisões federativas e as fronteiras nacionais tentarão resistir, e por um tempo talvez até consigam, mas cairão. Depois de vários genocídios, cairão.

A humanidade ficará reduzida a hordas errantes. A lei da selva irá se impor. Bestializados, mas procriando sempre e dispostos a tudo, em massa vasculharemos o planeta atrás de seus derradeiros recursos. Como qualquer outra espécie de predador, viveremos todo o tempo numa expedição de caça que só terminará com a nossa morte.

Prova disso foi o que aconteceu durante as últimas enchentes em Nova Orleans, e sobretudo o que aconteceu naquele estádio para onde levaram os desabrigados. Sem água, sem comida, sem cama, sem luz, derretendo num calor insuportável, grupos ferozes se formaram e atacaram, escondidos pela multidão. No escuro, mulheres foram estupradas, mantimentos foram arrancados de velhos e crianças, houve brigas, houve roubos, houve mortes. E as águas tinham subido há pouco mais de 72 horas... Bastou três dias, e no país mais rico do mundo.

Nós, e os mamíferos em geral, estamos marcados para morrer. Talvez os pássaros também. Não sei. Com certeza a umidade fétida e o calor excessivo favorecerão outras espécies. Répteis e insetos e larvas e micróbios e microorganismos, e quem sabe a vida oceânica, acharão ótimo que a espécie humana tenha sido tão autodestrutiva. O calor e a pestilência os favorecerão.

Os gases venenosos deixados pela humanidade, o nosso resíduo final, se dissiparão lentamente.

* * *

É verdade que nós não somos autodestrutivos à toa. Até certo ponto, nossas causas são nobres: perpetuar a espécie, produzir e distribuir alimentos, produzir e distribuir riquezas, afirmar e difundir nossa maravilhosa cultura material etc. Para isso modernizamos nossas sociedades, inventamos tantas máquinas, desenvolvemos tantas tecnologias, atuando sobre todas as matérias deste mundo.

Talvez seja esse *côté* louvável que impede o meu pessimismo de me fazer tão infeliz. Mas, por outro lado, um bom pessimista sabe identificar a falha em qualquer projeto.

O erro trágico da espécie humana, aquele que será a causa essencial da sua extinção, é usar a ciência para evitar a morte, e a política para evitar as guerras. Multiplicar a espécie e prolongar a vida, eis os dois únicos mandamentos dignos do nome, os dois únicos que realmente obedecemos. E por causa deles vamos nos multiplicando, e na mesma medida em que o nosso engenho cria condições para atender às tais causas nobres, expandimos os problemas, botando mais e mais gente no mundo.

O paradoxo é o seguinte: para produzir mais riquezas e distribuí-las a mais gente, industrializamos mais países, intensificamos a exploração de seus recursos naturais, e assim vamos, pouco a pouco, com a melhor das intenções, destruindo o planeta.

E não há como ser diferente. Industrializar é a única maneira que conhecemos de propiciar saúde, educação, casa e comida a um povo.

Agora que China e Índia, dois dos países mais populosos, estão avistando a porta de entrada do primeiro mundo, todas as calamidades que meu pessimismo me sugere também estão chegando mais perto. O dia em que a maioria da gigantesca população chinesa tiver acesso a sua primeira geladeira, acabou-se. A Amazônia vai secar, as calotas polares vão derreter, a radição solar vai fazer a festa.

O Brasil, coitado, nem para o inferno irá com suas próprias pernas. Jamais nos desenvolveremos tanto, o que significa que não produziremos tanta poluição quanto as grandes potências ou as novas potências emergentes. Nossa grande contribuição para a desgraça humana vão ser as queimadas, tamanho o nosso primitivismo. Nossa grande contribuição vai ser arruinar a Amazônia. Se fôssemos ter sorte, isso aconteceria por incompetência dos nossos melhores políticos. Mas não vamos ter. Elegeremos os piores, então tudo irá acabar por termos ficado atolados no populismo ridícula e tipicamente latino-americano de sempre.

Que caráter terá esse populismo não faz muita diferença. Só muda a mosca. Ele cospe para cima na Argentina, veste verde-oliva na Venezuela e planta coca na Bolívia. No Brasil, depois de trocar o macacão de fábrica pela gravata de seda, ou vice-versa, eu aposto, ele será do tipo evangélico, messiânico, que, afinal, é a nossa melhor tradição.

* * *

E no entanto, como eu já disse, continuo tão feliz quanto sempre fui. Nem mais nem menos. Por que o meu pessimismo, embora maior hoje, não me deixa mais infeliz do que eu era anos atrás? O que não mudou, depois de quase quarenta anos?

O amor entre homens e mulheres, talvez? Será que é isso que me consola? Mas isso também mudou, não mudou?

A liberdade que conquistamos, com muito sacrifício, em nosso imaginário amoroso, e em nossa prática, não nos criou a necessidade de amarmos com consciência, submetendo a avaliações periódicas o sentimento que nos liga ao "objeto" amado? Acabou essa história de "felizes para sempre", não acabou? Até onde eu sei, nem como ideal isso existe mais. Transformamos o amor em um campo de conhecimento, uma ciência. De acordo com o resultado dessas avaliações periódicas, dessas ultrassonografias da emoção, podemos preferir refazer nossas vidas amorosas. Quem estaria, nos tempos atuais, disposto a abrir mão do seu autodeterminismo? Desenvolvemos técnicas para começar relações, e nos pós-graduamos em terminá-las. Quem não tirou o diploma ficou para trás. A humanidade aprendeu a controlar a paixão. Homens e mulheres aprenderam a não se misturar excessivamente, a não se entregar ao amor pelo outro, a não comprometer partes inteiras de suas vidas num arriscadíssimo projeto comum. Como conseguimos? Fácil: pouco dinheiro, pouco espaço, e sexo, muuuuiiiito sexo.

Eu também poderia dizer que o segredo desta minha felicidade incongruente, quase pecaminosa, está no amor entre pais e filhos. Talvez o processo de dominação sobre este sentimento ainda não esteja completo.

Mas o bom pessimismo vê à frente, sempre. E o individualismo vai se impor aqui também.

Por isso as crianças precisam crescer mais depressa hoje em dia. Elas devem perder seu universo infantil o quanto antes. Aos dois, vão para o colégio. Aos onze anos, são pré-adolescentes. Aos dezesseis, podem votar. Aos dezessete, têm de escolher uma profissão.

O amor dos pais, hoje, deve se manifestar por meio de uma superestimulação a seus filhos, de uma aceleração utilitária da infância. Quando são pobres, as crianças trabalham; quando são ricas, fazem aulas extras. Até o corpo delas reflete este imperativo, diz a Organização Mundial de Saúde. As meninas estão menstruando cada vez mais cedo. O que é um fenômeno de conseqüências planetárias, se você for pensar!

A farra está por um fio. Esticaremos este processo de eliminação das diferenças etárias ao máximo, arrebentaremos enfim nosso próprio processo biológico.

* * *

    Mas, afinal, de onde vem esta minha estranha complacência com os males do mundo, que no entanto me aparecem tão nítidos? Por que um pedaço de mim resiste ao horror dos meus prognósticos?

    Minha vida, se eu for pensar, não tem nada de tão especial que justifique. Amo uma mulher, adoro minha filha, trabalho por dinheiro, escrevo por prazer. Feito bilhões de pessoas. Driblo os juros no banco por necessidade, vou à praia na hora do desespero. Igual a todo mundo. Durmo, vou ao banheiro, como e bebo, do jeito que a natureza manda. Não sou rico, não sou famoso, não sou o gênio que sonhei. Não espero mais que a vida melhore muito além disso. Já sei que não vou realizar meus grandes sonhos.

    Que felicidade é essa, então? Essa felicidade essencial, que sinto por nenhum motivo aparente? De onde vem a vontade de prolongar a minha vida, a vontade de ter mais filhos?

    Talvez, no limite, a felicidade essencial esteja num contato diário com o instinto de sobrevivência. Se isso for verdade, a espécie humana, com todos os seus determinismos autodestrutivos, é feliz. Ela vai acabar, mas vai acabar satisfeita, ou seja, se multiplicando e prolongando sua vida. Vai acabar, vai se destruir, mas cometendo os erros mais desculpáveis, os mais compreensíveis. Ela vai acabar por viver inteiramente a sua natureza. A humanidade, em seu cotidiano, se realimenta das perspectivas mais sombrias e se aferra às realidades mais degradantes.

    Não conheço nenhum outro motivo para convencer alguém de que a vida vale a pena. Talvez a dele não valha mesmo. Talvez nem a minha. Eu, no entanto, não largo o osso. Tenho uma filha, e gostaria de ter mais. Para prolongar minha vida, sigo regras elementares de nutricionismo, acredito muito na medicina, e aposto tudo, tudo mesmo, na criogenia. Quando eu estiver condenado por alguma doença, que me congelem, para me reacordar quando a cura já existir. Foda-se que todo mundo que eu amo vai ter morrido. Eu quero viver.

A existência de homens e mulheres infelizes neste nível, ou seja, dispostos a morrer, cansados de viver, é um desvio de comportamento da espécie. A infelicidade essencial não é natural. O dilema filosófico do suicídio, para mim, já vem resolvido. A resposta é não.

No dia que o ar apodrecer e a água acabar, eu quero estar lá. Quando retrocedermos ao nomadismo, engolindo as fronteiras como animais esfomeados, quero ser o melhor caçador do meu bando. Quando meu novo amor acabar, e eu tiver de começar tudo outra vez, eu vou começar. Quando minha filha crescer e não precisar mais de mim para nada, eu vou continuar a amá-la, queira ela ou não. Quando o colapso final chegar, quero ver com os meus próprios olhos. Quando fugirmos do sol, quero aprender a esquecer.

Apesar do meu pessimismo, rio sempre que posso, choro sempre que preciso, e gosto das duas coisas igualmente.

COMO SER FELIZ DENTRO DO ARMÁRIO

Rogério Augusto

O rosto fitava-o de frente, pesado, calmo,
protetor, mas que espécie de sorriso
se ocultava sob o bigode negro?
George Orwell, em *1984*.

1.
Comece pelas mãos. Sempre para baixo. No bolso, de preferência. O armário é pequeno. Desconfortável. Nada de acenos exagerados. Nem cumprimentos frouxos. Mão tem de ser firme. Aperto doloroso. Retire a base incolor das unhas. Deixe as cutículas à mostra. Roê-las significa descuido. Ponto positivo na imagem.

2.
Combinar a cor do cinto com a cor do sapato? Usar creme esfoliante? Loção após banho? Muita bandeira. Uma barba de três dias é aconselhável. Cabelo cortado com máquina dois também. Depilação, nem pensar. Elimine as camisetas baby look. Livre-se de cores exageradas. Desapareça com perfumes adocicados. Para embutidos é preto básico e desodorante Axe.

3.
Tenha uma amiga íntima. Bonita. Inteligente. Ela será sua namorada postiça em reuniões familiares. Em eventos sociais. Assim, evitam-se situações constrangedoras. Como aquela tia insistindo em saber por que você não está acompanhado. Ainda impressiona a turma do trabalho. A foto do lindo casal enquadrada sobre a mesa do escritório.

4.
Prefira musculação ao jumping. Não caminhe pelo parque, corra. Furar a casa inteira com uma Black & Decker é mais seguro do que opinar sobre cortinas drapeadas. Troque os patins pela sinuca. Cozinhar, somente churrasco. Pente-fino em amigos e comunidades suspeitas no Orkut. Leia jornais. Biografias de grandes líderes. Poesia e Oscar Wilde do armário para o sebo.

5.
Nada de fofocas sobre celebridades. Por que mencionar que a filha da Gwyneth Paltrow e do vocalista do Coldplay chama-se Apple? Você tem de saber a escalação do time brasileiro para a Copa do Mundo. O último contrato firmado na Fórmula 1. Ou, no máximo, os países que lideram o ranking mundial de exportadores de petróleo. Glamour, apenas nas capas da Playboy.

6.
Deixe de lado a batida eletrônica. Encare um pagode dor-de-cotovelo. Um jazz-bossa-nova. É mais conveniente. Cuidado quando os primeiros acordes de *It's Raining Men* soarem na festa de fim de ano da empresa. Cimente os pés no chão. Amarre as mãos com força. Resista sorrindo. Você está sendo filmado, lembra-se?

7.
Esqueça a depressão, tenha dor nas costas. Complicação com o fígado é melhor do que rinite alérgica. O divã deve ser abolido. Bem como o do-in. A yoga. As milenares terapias chinesas. Corte os chás medicinais. A homeopatia. Dieta à base de saladas pega mal. Bebida alcoólica é recomendada. Com moderação. O excesso é desastroso. O armário é fraco.

8.
Na tela, o melhor é ver sangue. Tiros. Ação do começo ao fim. Levar lenço para chorar no cinema é marcar bobeira. Outras opções são dramas políticos. Filmes de suspense. Terror, somente se você engolir os gritos exagerados. Passe longe das comédias românticas. Dos filmes água-com-açúcar. Dispense histórias de mocinhas lacrimejantes. De cowboys apaixonados.

9.
Depois de tanto embuste, as férias. Esforço merece refresco. Mas sem entregar a chave do armário. Segure a franga. Adeus São Francisco. Mikonos. Praia Mole. O melhor é fazer rafting em Brotas. Esquiar em Aspen. Tocar a boiada em Barretos. Na volta, mostre as fotos das viagens. Fôlego de aventureiro exibido com orgulho.

10.
Para terminar, os pés. No chão. Andar decidido. Coluna ereta. Rosto mirando o finito, armário tem porta. É fácil ser feliz. Basta parecer o que você não é. A respiração abafa o ambiente fechado. Os cotovelos se esbarram. O odor é desagradável. No entanto, o crime compensa. Engane. Disfarce. Esconda. Ser feliz dentro do armário requer alta dose de ilusão. Quem disse que fora dele é diferente?

HORÓSCOPO TERRORISTA

Santiago Nazarian

ÁRIES
De 21/03 a 20/04

O calor do verão torna as pessoas mais abertas, mais sociáveis, mais dispostas a viver novas amizades e conhecer o amor. E o próximo verão deverá ser especialmente quente, com as pessoas ao seu redor assumindo seus verdadeiros desejos e vivendo plenamente suas fantasias. É uma pena que, para você, isso signifique solidão, tristeza, amarguras terríveis. Sim, mané, você vai sobrar. Ou acha que alguém teria realmente fantasias com você? Prepare-se para decepções terríveis, que deverão perdurar por vários, vários anos. Mas podia ser pior, você poderia ser currado por uma gangue de anões corcundas na frente de toda a sua família. Aliás...

TOURO
De 21/04 a 20/05

Nos próximos meses a sorte sorrirá para você. Você terá uma maré positiva que tornará possível a realização de muitos de seus empreendimentos, com a sorte se estendendo inclusive no campo amoroso. Entretanto, isso será passageiro. Pois quando essa maré passar, será como em Ipanema no carnaval, só sobrará porcaria, merda, lixo e camisinhas usadas. Dica: pegue leve e aproveite esses bons tempos com moderação, ou você sentirá com muito mais intensidade todos os sofrimentos que virão em seguida.

GÊMEOS
De 21/05 a 20/06

Procure divertimentos mais tranqüilos nos próximos dias. Ler um bom livro, ver um bom filme e jogar jogo-da-velha trarão a você uma satisfação ímpar. Se tentar fazer qualquer outra coisa, como ir na padaria, sofrerá um acidente terrível e perderá os movimentos do lado esquerdo do corpo. Espere... esse é o horóscopo de Gêmeos? Ah, não, para você o destino reservou um seqüestro relâmpago seguido de morte lenta (lentíssima!).

CÂNCER
De 21/06 a 21/07

Em terra de cego, quem tem um olho é rei. Então não chore tanto se hoje alguém espetar seu olho esquerdo com uma faca de churrasco e depois tentar tirá-la lentamente, mas escorregar e enfiar ainda mais fundo, enquanto pede desculpas. Doerá, sim, você sofrerá muito, sim. Mas, no final, você poderá ser rei numa terra de cego qualquer. Onde ela fica eu não sei. Procurar é problema seu, bangolé. Aliás, eu sei que seu ditado preferido mesmo é "em casa de ferreiro, o espeto é de pau". Ui, ui, ui!

LEÃO
De 22/07 a 22/08

A curiosidade tem seu lado positivo. Sim, ela nos ajuda a explorar o mundo, descobrir novas coisas, e amplia nosso conhecimento. Entretanto, no seu caso, a curiosidade só serve para tornar ainda pior a sua personalidade, que já é de uma pessoa preguiçosa, medrosa, cagona e brocha. Hahah! Quer que eu continue? Otário, mané, corno manso, arrombado. Bem, quanto à previsão do seu signo, não vou dizer, controle sua curiosidade, boiola, baitola, babaca. Só aviso que não é nada, nada bom...

VIRGEM
De 23/08 a 22/09

Se esforce um pouquinho mais para cumprir, dar conta de todas as pendências profissionais. Tudo que esperam de você é um pouco mais de competência e pró-atividade. Pode ser difícil, já que você é uma pessoa, digamos, limitada intelectualmente, mas a vida é esse eterno desafio. Se até as loiras do axé venceram na vida, você tem alguma chance. Por falar nisso, dá uma reboladinha pro tio, dá?

LIBRA
De 23/09 a 22/10

Sua vida está prestes a dar uma guinada, de forma a se aproximar do enredo de um filme. É uma pena que esse filme seja "O Massacre da Serra Elétrica". Você pode não acreditar que essas coisas acontecem na vida real, mas mudará de opinião quando houver um psico comendo seu coxão mole com você ainda vivo, berrando feito um bezerro desmamado. Então, por que não começa a fazer uma dieta? Vamos lá, você vai morrer de qualquer jeito, não vai querer foder com o colesterol do canibal, vai?

ESCORPIÃO
De 23/10 a 21/11

Procure controlar o seu orgulho. A mesma peça que hoje lhe serve um cafezinho, amanhã poderá estar te olhando de cima, cuspindo na sua cara e fodendo com a sua namorada. Aliás, hoje é quinta?

Não, será depois de amanhã, sábado. Sim, sábado você estará ferrado. Ou ferrada. (E não me venha com essa de que não tem namorada, porque é mulher. Se você é mulher, é lésbica. E raspe esse peito!)

SAGITÁRIO
De 22/11 a 21/12

Não há nada mais bonito do que ver o sorriso puro no rosto de uma criança. A não ser ver sua cara de bosta ao ler que seu horóscopo para hoje será dos piores. Hahaha! Sabendo o quanto você vai se ferrar, minha vida parece muito mais gostosa. Hahaha, não me agüento. Ai, não vou mais reclamar das minas que ficam no meu pé. Haha! Muito bem, vamos ver o que os astros dizem sobre você... Ah, acho que é tumor no cérebro. Mas tem algo pior antes disso. Tem algum mendigo tarado e perigoso perto da sua casa? Bem, sua cor para hoje é o vermelho sangue. E sua pedra é a da vesícula.

CAPRICÓRNIO
De 22/12 a 20/01

Procure ser uma pessoa mais espiritualizada. Deus manda sinais sutis o tempo todo. Pode ser o desabrochar de uma flor, poder ser o tom de um pôr-do-sol ou o canto de um colibri. Convém a você sintonizar-se com o universo e entender o que ele tem a dizer. Claro que para mim, que não sou ralé, ele fala pessoalmente, ou manda e-mails, e eu respondo quando tenho um tempinho. Então, vai lá. Vai lá, arigó, fica escutando o colibri. Otário.

AQUÁRIO
De 21/01 a 19/02

Procure reforçar os laços com a pessoa amada. Sim, amarre forte, bem forte, ou ela foge com o primeiro leiteiro que passar. Eu sei, tongo, que é VOCÊ que curte essa coisa de bondage. Mas para salvar um relacionamento, é preciso variar, experimentar coisas novas, fugir da rotina. Então largue um pouco o vibrador, esqueça o pompuarismo e deixe o Rex na casinha dele esta noite. Hoje você precisa inovar dando conta de um sexo básico — papai-mamãe. Não que isso te livre das doenças venéreas...

PEIXES
De 20/02 a 20/03

A inveja alheia pode limitar muitas de suas conquistas. Você pode achar que existe apenas carinho e solidariedade ao seu redor, mas sempre há alguém desejando o que é seu. Não acredita? Acha que ninguém invejaria sua vida de merda? Bem, eu posso estar errado. Sim, eu sempre erro nessa porra. Então tá, de inveja você não vai sofrer. Mas tem uma bala perdida vindo aí. Disso eu tenho quase certeza. Agora vou mijar.

PARA SALVAR A VIDA DE UM ENTE QUERIDO

Sérgio Fantini

Seguinte, xará: vai que teu cunhado tá de cama, doentaço mesmo. Tá maus, na pioral, aquele bode faz tempo, o sujeito não dá sinal de que vai sair bem dessa.

Bom, tu tem alguma coisa a ver com isso. Não que tu fez mal a ele, não é assim, mas tem uma relação consigo, um parentesco, uma amizade, ok?

Então é preciso fazer alguma coisa. Por onde começar? Identificar o que ele tem, não é mesmo? Só sabendo onde dói pra passar arnica. Vamos ver: burcite presidencial, cólica estomacal, hemorróidas alegres, unha encravada, fígado detonado, estômago ulcerado, apendicite inflável, menisco pustulento, mancha nos peito, cárie vulcânica, jardins de acnes, flatulência, demência precoce, sei lá, uma ziquizira qualquer.

Daí é procurar o médico, certo? Errado! Totalmente errado! A não ser que tu queira apressar a passagem do infeliz. Meu conselho é o seguinte: terapias alternativas.

Vai por mim, meu irmão. Essas químicas são um veneno, coisa de multinacional pra testar no terceiro mundo, não tem nada a ver com saúde. O bom mesmo é achar uma opção mais natural, mais oriental, sacumé?

Por exemplo, acupuntura. Tu pega um bocado de agulha e vai espetando ele: na testa, nos beiço, nas bochecha, nas orelha, nas axila, na ponta dos dedo, no saco, onde der. Uma hora tu acerta o canal de energia vital e a cura vem.

Pedra: tem um lance que chama gemoterapia. Tem a ver com pedra, entende? Só que eles usam umas pedrinhas coloridas, redondinhas, transparentes, um troço fresco pra caralho. Acho que a alternativa pra alternativa é botar logo uns paralelepípedos de calçamento na coluna do sujeito deitado de bruços e deixar ali umas 3 horas. Isso deve curar até os corno que tua irmã lhe botou.

Cromoterapia é a cura pelas cores. Essa eu não sei direito como funciona, mas uma idéia boa é pintar o cara: passa um batonzinho, um esmalte, aqueles pós que a mulherada usa na cara, veste uma calcinha vermelha, um robezinho lilás, uma peruca loura... Se não adiantar, compra umas tinta, tinta mesmo, de pintar parede, e vai respingando nele; quando ele tiver bem colorido alguma coisa deve acontecer.

Tem também os chás, coisa muito boa, cultura milenar dos japoneses, chineses, coreanos... aqueles. Mas como tudo deles é muito devagar, tem que tomar um pouquinho cada dia, meu conselho é o seguinte: junta uma porrada de folhas, no Mercado tem lojas só pra isso, bota um litro d'água pra ferver, joga as folhinha lá dentro e quando aquilo esfriar, enche uma seringa e joga direto nos cano do ente querido. Se cura nos pouquinho, assim ressuscita até defunto.

Por falar em japas, eles sabem também duns lances legais, mas tem mais a ver com massagem, ficar pegando e esfregando, e eu acho que dependendo do estado do sujeito, é melhor não entrar nessa, sei lá, vai que tu aperta onde não deve... Mas se quiser pesquisar, anote aí: do-in, reike, shiatsu, ayudévica, rolfing.

Porém, e sempre tem um porém, se nada disso funcionar, conte uma piada. Afinal, bróder, rir sempre foi e ainda é o melhor remédio.

COMO FAZER BOA FIGURA EM VERNISSAGE

Sheila Leirner

Se você pensa que conseguiu sair-se bem, mesmo numa exposição de trabalhos geométricos, é bem provável que esteja "redondamente" enganado. No meu caso, só não provoco péssima impressão aos que sabem que sou do ramo. Alguns — até os que viram a minha assinatura em cima de algum texto crítico — já repararam, por exemplo, que às vezes passo revista aos trabalhos rápido demais. Verdade que cheguei a visitar uma exposição individual com 28 telas em três minutos e vinte segundos, o que perfez seis segundos para cada uma. Só que, quando me perguntaram a razão de tal barbaridade, soltei a frase mágica que você deve usar se também resolver praticar jogging nas mostras maçantes:

— É a experiência retiniana. Não preciso mais do que alguns segundos. Guardo cada pormenor em minha cabeça e levo a exposição inteira para olhar e pensar em casa.

Efeito garantido! Você acaba de ganhar vários pontos. Mais pontos ainda se conseguir, como eu, que este argumento de efeito, além do mais, exprima a pura verdade. Porém, apenas isto não basta caso queira realmente fazer boa figura aos olhos de artistas, marchands, curadores, conservadores, historiadores, amadores e espectadores informados, todo aquele exército do *Art World* que lhe faz medo, e com razão. Quem não tem medo de um "especialista" (ou aspirante a especialista) cuja especialidade é a de mostrar que ele é especial?

A primeira atitude, portanto, é perder o medo, ou pelo menos atuar como se a timidez não existisse. Como? Igual aos atores: antes de tudo, o figurino. Depois a postura, o discurso, as maneiras e, por último, ação!

"Eu avanço mascarado...", dizia René Descartes. Ora, exposição pode não exigir maquiagem, mas vestuário é fundamental! O método é bastante simples. Consulte as revistas de moda e, com a tesoura, recorte os modelos, fazendo montagens aleatórias. Quanto mais desconjuntadas, melhor. Agora procure em seu armário as peças que correspondem ao figurino virtual e vista-as do modo como as decompôs no papel. Estes trajes "interessantes" mostrarão o quanto você é livre, criativo e, portanto, apto a fazer boa figura em espaço expositivo. Porém, nunca esqueça de levar o celular. Saberá a razão mais adiante.

Postura. A melhor neste caso é a de desdém (atenção para não confundir com nojo), com um certo ar de superioridade e sobretudo mistério. Finja que o seu pensamento é mais obscuro do que a expressão artística que você está tentando entender. Isto é fundamental. Lembre-se de que agora cabe a você (e não à arte ou aos especialistas) "matar os que não decifram os seus enigmas".

Sob o aspecto de esfinge recém-nascida, portanto, fale o menos possível. Aqui é preferível deixar de lado os assuntos de base que são a arte, o artista, a história deles e tudo que decorre daí, no espaço e no tempo. Se não for por escrito, não existe nada pior do que dar uma opinião, mesmo (e sobretudo) se ela estiver certa. No dia em que abri a boca para responder à diretora do Museu de Arte Moderna da Cidade de Paris "o que eu achava daquela exposição em Berlim sobre a qual fiz um artigo", ela virou as costas e foi falar com outra pessoa. Pense sempre nos sofisticados meios artísticos franceses, onde é bom-tom pedir o seu parecer, porém vira gafe se você o der. Afinal, aquelas pessoas pedem a sua opinião justamente para não ter que emitir a delas...

A solução para o discurso encontrei nos anos 70 durante as minhas visitas a ateliês e galerias, quando não raro havia alguém esperando que eu dissesse alguma coisa. Se eu estava lá, tinha de falar. Então, anotei em um caderno três tipos de resposta que servem para casos diferentes, mas que não querem dizer nada e deixam as pessoas satisfeitas. Não vou contar quais eram, mas digamos que provocavam o mesmo efeito da palavra "impensável!", invariavelmente empregada por uma ex-amiga, fosse diante de Vuillard, Richard Serra ou Di Cavalcanti. Claro que, ao contrário dela, você deve variar. Existem muitas outras exclamações como "Estranho!", "Espantoso!", "Incrível!" ou ainda "Interessante!". Também não significam nada, mas, ao menos, comprovarão que você possui algum vocabulário.

Agora que o figurino, a postura, o script e as maneiras já estão ensaiados, passemos à ação. Esta, tanto quanto o resto, depende de alguns itens importantes. Saiba que, normalmente, sem disposição curatorial, museológica, historiográfica, cenográfica ou arquitetônica não existe vernissage. Portanto, antes de apreciar as obras, são estas partes que devem merecer a sua total atenção. É sempre bom torcer um pouco o nariz a todos estes segmentos, assim como à montagem e à iluminação, porém não incorra na besteira de aproximar o mesmo apêndice das etiquetas. Etiqueta não é feita para ser lida! Ela está lá para provar que existe "cuidado" com a informação e se oferecer como muletinha para os leigos. Logo, se você cair na armadilha da investigação sistemática dos rótulos pode esquecer de vez a intenção de ser bem-sucedido em vernissage.

Ande lentamente, aproximando-se e distanciando-se alternadamente das telas. Se for uma exposição de esculturas ou instalações, marche em torno delas, de preferência com dois dedos sobre o queixo e as sobrancelhas franzidas. De vez em quando olhe para os lados, sacudindo um pouco a cabeça como se quisesse comunicar desespero ou, se preferir, aprovação. Quando chegar ao termo da visita, olhe para o relógio — o que é bastante apropriado à situação — e verifique se a sincronização está perfeita com o *grande final* que preparou antecipadamente. Neste momento coloque-se com precisão no meio da sala para que todos o vejam. Sim, pois antes de sair de casa você teve o cuidado de não esquecer o celular (como já lhe aconselhei), regular a música dele para o tom mais alto e combinar com um amigo o horário do telefonema. Desta forma, depois de deixar o telefone tocar até o instante em que começar a sentir instintos assassinos em sua volta e vir a aproximação do segurança da galeria ou do museu, você já pode responder:

— Alô? Sinto muito. Não posso falar agora. Estou no vernissage de...

COMO NÃO ESCREVER UM BILHETE DE SUICIDA E OUTRAS INSTRUÇÕES PARA OS MORTAIS COMUNS

Xico Sá

Algum tempo hesitei se devia alertar os que partem Desta para Outra de forma tão obtusa sobre aquilo que pode ser julgado apenas como um detalhe tão pequeno, tão pequeno de nós todos, grão de areia nas Copacabanas e nos Saaras de nossas existências.

Na qualidade de um defunto prejudicado, pois, que ainda hoje se bate e se remexe no envergonhado no túmulo por vírgulas malpostas, cacófatos vexaminosos, grafia mobralesca, moral chinfrim e uma certa epilepsia de estilo, cabe a mim puxar o dedão dos meus, embora saiba que nos tempos modernos o corretor do Word seja um santo remate mínimo de males.

Ao alerta, sem maiores salamaleques, pois não cai bem a um defunto a verborragia luxuosa dos vivos, que gastam vocábulos como perdigotos disparados até para matar insetos de lâmpada, muriçocas e/ou pernilongos que infestam os ares. O alerta, finalmente: senhores e senhoras convalescentes, doentes terminais, fígados que arrastam almas com cirroses, extremos de todos os cânceres e demais incuráveis que ainda se encontram na terra somente e tão-somente por descuido de Deus, que esqueceu de levantar a placa dos descontos, dos minutos finais do jogo.

O alerta, foda-se, num oferecimento do guaraná Jesus, aquele que refresca mais na cruz: não escrevam bilhetes de despedida.

Se o fizerem, sejam econômicos.

Resumam-se a listar os bens, bilhete bom para quem fica é o listão do testamento. A melhor das literaturas.

Se não for o caso de herança, escrevam só assim: beijo nas crianças, tudo que lhes deixo é a minha lição de ternura.

Se nem filhos tiverem, liberamos uma certa acidez: adeus, bocetas e a minha porra inférteis.

Não se prolonguem, não adjetivem, não teçam considerações.

Não lhes bastam o vexame de ter vivido?

Não demonstrem ressentimentos, não cobrem, não deixem um peso-morto sobre o papel de embrulhar o tempo.

Pelos vermes que hão de nos roer até o caroço dos olhos, alerto: sem baixarias.

Sobretudo não debitem mortes na cota do amor. Não se morre de amor nos trópicos, velho jovem Werther. Não deixem viúvas e viúvos culpados, isso não se faz. Eis a maior das sacanagens.

Um alerta endereçado mais ainda aos suicidas: favor não sacanear os que ficam aqui embriagados sem ao menos saber como pagarão suas contas.

A escolha, nobre, aliás, foi completamente sua, amigo.

Daqui ninguém sai vivo, então não deixe culpados, bastam a herança de penduras.

Se você quer antecipar o bilhete de ida, boa sorte, a vida não tem mesmo cartão de milhas.

Se fizerem mesmo questão de bilhetes, viadinhos, repito, sejam lacônicos. Sem vexames; todo homem com a velha da foice a fazer-lhe sombra sobre a nuca não acerta mais uma concordância, vai rabiscar besteiras, vai plagiar existencialistas e sartreanismos de terceira.

Amigo, na hora da morte não escreva.

Não elabore, simplesmente morra.

Uma vírgula entre sujeito e predicado nessa hora... é quase uma condenação a uma vida eterna. Ou um corte desajeitado entre carne e matéria, a mais indesejada das elipses...

Nascer é acaso, despedir-se com algum estilo é necessário, trata-se de grande arte.

Todo suicida, em especial, deve redobrar-se de cuidados.

Um bilhete mal escrito é uma vergonha que fica para todo o sempre, vergonha incorrigível.

Cliente morto não paga, mas tampouco tem direito a revisão ou corretor automático.

Não há procuração em cartório para salvar uma carta atirada aos mares por um náufrago.

Senhores suicidas, meu grande erro foi estender-me por demais. Maços e maços de papel pautado foram poucos para os meus garranchos pendidos para a direita da linha, como o pendor da minha cabeça sobre os travesseiros macios das camas de mulheres que nunca de fato foram minhas.

Ah, todo suicida é metido a estiloso, deixa esses bilhetes ridículos, se arvora a um orgulho da porra, goza da cara dos que ficam, ainda mais os que escolhem partir Desta para Outra no tédio do domingo. Se livram do trabalho e da responsa da segunda, ah quanta inveja.

Futuros suicidas, depois desta educação pela lápide, estamos quites, o ridículo só depende de vocês. Ora, ora, larguem essas máquinas, esses lápis, essas canetas, se continuarem escrevendo assim vocês vão acabar se tornando imortais.

OS AUTORES

ADRIENNE MYRTES nasceu no Recife e vive em São Paulo desde 2001. É artista plástica. Publicou *A Mulher e o Cavalo* (Alaúde, EraOdito, 2006) e participou, entre outras, da antologia *Os Cem Menores Contos Brasileiros do Século* (Ateliê Editorial, 2004).

ALEXANDRE BARBOSA DE SOUZA nasceu em São Paulo, em 1972. Autor de *Livro de Poemas* (Giordano, 1992), *Viagem a Cuba* (Hedra, 1999), *Autobiografia de um Super-Herói* (Hedra, 2003), *Azul-Escuro* (A Preguiça Editorial/Hedra, 2003), *XXX* (Dolle Hund, 2003). É editor, tradutor (Katherine Mansfield, Jacques Prévert etc.), fã da Aracy de Almeida e jogador de pingue-pongue.

ANA ELISA RIBEIRO nasceu no ano da graça de 1975, na capital mineira, onde mora até hoje, vivendo da mui honrosa profissão de professora, no CEFET. É colunista do Digestivo Cultural desde 2003 e publicou *Poesinha* (Poesia Orbital, 1997) e *Perversa* (Ciência do Acidente, 2002), além de textos em antologias nacionais e estrangeiras. Em 2007 lança *Portáteis*, seu terceiro livro de poemas.

ANA PAULA MAIA. Rio de Janeiro, escritora, publicou em 2003 o romance *O Habitante das Falhas Subterrâneas* e, em 2007, o romance *A Guerra dos Bastardos*. Participou de diversas antologias, entre elas *25 Mulheres que Estão Fazendo a Nova Literatura Brasileira* (Record, 2004). Em 2006 publicou o primeiro folhetim pulp da internet brasileira, no site www.folhetimpulp.blogspot.com.

ANDRÉ LAURENTINO nasceu em 1972, em Olinda. Desde 1993 vive em São Paulo. É autor do romance *A Paixão de Amâncio Amaro*, publicitário e colunista do guia do jornal O *Estado de S. Paulo*. Sua coluna pode ser lida em www.andre-laurentino.blogspot.com

ANDRÉ SANT'ANNA é escritor, músico e roteirista de cinema, televisão e publicidade. Formou o Grupo Tao e Qual nos anos 80 e publicou os livros *Amor* (Edições Dubolso, 1998); *Sexo* (7Letras, 1999 e Livros Cotovia/Portugal, 2000); *Amor e Outras Histórias* (Livros Cotovia, 2001); *O Paraíso É Bem Bacana* (Companhia das Letras, 2006); *Sexo e Amizade* (Companhia das Letras, 2007).

ANDRÉA DEL FUEGO nasceu em São Paulo no ano de 1975. É autora de *Minto Enquanto Posso* (2004), *Nego Tudo* (2005) e *Engano Seu* (2007). Participou das antologias *+30 Mulheres Que Estão Fazendo a Nova Literatura Brasileira, Os Cem Menores Contos do Século*, entre outras. Vencedora do Prêmio Programa de Ação Cultural da Secretaria de Cultura de São Paulo com o livro *Depois Eu Conto*. Pode ser encontrada no www.delfuego.zip.net.

ANTONIA PELLEGRINO, carioca, 27 anos, é roteirista de televisão e cinema, colaboradora das revistas *Vogue, Piauí, TPM*. Está presente nas antologias *Dentro de um Livro, Paralelos, Prosas Cariocas*. Edita o blog www.invejadegato.blogger.com.

ANTONIO PRATA nasceu em 1977, em São Paulo. Escreve regularmente para jornais e revistas, e tem alguns livros publicados. O último deles é *O Inferno Atrás da Pia* (Objetiva), contos e crônicas.

BEATRIZ BRACHER, nascida em São Paulo, em 1961, escritora. Livros publicados: *Azul e Dura* (7 Letras, 2002), *Não Falei* (editora 34, 2004) e *Antonio* (editora 34, 2007).

CÍNTIA MOSCOVICH é escritora, jornalista, roteirista e professora. Com cinco livros individuais e participação em diversas antologias no Brasil e no exterior, a autora recebeu o Prêmio Jabuti, foi finalista do Prêmio Portugal Telecom de Literatura Brasileira, e do Prêmio Bravo! Prime de Cultura. Ex-diretora do Instituto Estadual do Livro do Rio Grande do Sul, trabalhou como editora de livros do jornal *Zero Hora*, de Porto Alegre. Foi uma das representantes brasileiras na Copa da Cultura, na Alemanha, em 2006.

CLAUDIO DANIEL, poeta, tradutor e ensaísta, nasceu em São Paulo (SP), em 1962. Publicou os livros de poesia *Sutra* (1992), *Yumê* (1999), *A Sombra do Leopardo* (2001, vencedor do Prêmio Redescoberta da Literatura Brasileira, oferecido pela revista CULT), e *Figuras Metálicas* (2005), e o de contos *Romanceiro de Dona Virgo* (2004). É editor da revista eletrônica *Zunái* (www.revistazunai.com.br) e mantém o blog Cantar a Pele de Lontra (http://cantarapeledelontra.zip.net).

FERNANDO BONASSI tem 45 anos e nasceu no bairro da Moóca, em São Paulo. É roteirista, dramaturgo, cineasta e escritor de diversas obras, entre elas: *Um Céu de Estrelas* (Siciliano); *Passaporte* e *Declaração Universal do Moleque Invocado* (ambos pela Cosac & Naify). No cinema, destacam-se os roteiros de *Os Matadores* (de Beto Brant); *Castelo Ra Tim Bum* (de Cao Hamburguer), *Estação Carandiru* (de Hector Babenco) e *Cazuza* (de Sandra Wernneck). No teatro, as montagens de *Apocalipse 1,11* (em colaboração com o Teatro da Vertigem); *Souvenirs* (com direção de Márcio Aurélio) e *Três Cigarros e a Última Lasanha* (direção de Débora Dubois). Vencedor da bolsa de artes do DAAD (Serviço Alemão de Intercâmbio), passou o ano de 1998 escrevendo em Berlim. Tem diversos prêmios como roteirista e dramaturgo, além de textos em antologias na França, EUA e Alemanha.

ÍNDIGO nasceu em Campinas, em 1971. Vive em São Paulo. É autora de *Saga Animal, Perdendo Perninhas, Como Casar com André Martins*, entre outros. Seu livro *Cobras em Compotas* foi vencedor do Concurso "Literatura para todos", promovido pelo MEC. Foi também vencedora do Prêmio Programa de Ação Cultural da Secretaria de Cultura de São Paulo, com o livro *Um Dálmata Descontrolado*. Tem o blog www.diariodaodalisca.zip.net.

IVANA ARRUDA LEITE nasceu em Araçatuba, em 1951. É mestre em Sociologia pela USP. Publicou os livros de contos: *Falo de Mulher* (Ateliê) e *Ao Homem Que Não Me Quis* (Agir). Este último, finalista do prêmio Jabuti 2005. Publicou também a novela *Eu Te Darei o Céu* e o juvenil *Confidencial,* ambos pela editora 34. Participou das antologias: *Geração 90: Os Transgressores* (Boitempo), *Os Cem Menores Contos Brasileiros do Século* (Ateliê), *25 Mulheres Que Estão Fazendo a Nova Literatura Brasileira* (Record), *Ficções Fraternas* (Record), e outras. Desde 2005 escreve no blog: www.doidivana.zip.net.

JOÃO FILHO nasceu em Bom Jesus da Lapa, em 1975. Participou das antologias *Os Cem Menores Contos Brasileiros do Século*, organizada por Marcelino Freire; *Contos Sobre Tela*, organizada por Marcelo Moutinho. Em 2004 publicou o livro *Encarniçado* (Baleia). Mora em Salvador (BA). Mantém o blog: www.hiperghettos.blospot.com.

JORGE PIEIRO, 46, provável criador de Georg Schattenmann, vive entre Fortaleza e Panaplo. Mestre em Literatura. É sócio-diretor da Letra & Música

Comunicação Ltda. Publicou, entre outros, *Fragmentos de Panaplo, Neverness, Caos Portátil, Os Sonhos de Josafá* (infantil) e *Bolha de Osso*. Participou das coletâneas *Geração 90 – Manuscritos de Computador*, e *Geração 90 – Os Transgressores* (Boitempo, 2001 e 2003), e *Os Cem Menores Contos Brasileiros do Século* (Ateliê, 2005). É articulista do jornal *O Povo*. Edita a revista *Caos Portátil – Um Almanaque de Contos*, da qual se formou o selo "Edição do Caos".

JOSÉ LUIZ MARTINS, 33, São Paulo. Redator publicitário e são-paulino. Atualiza toda 4ª e 6ª seu blog http://pa-pum.blogspot.com.

JOSÉ ROBERTO TORERO nasceu em Santos, em 1963, e morrerá na mesma cidade, em 2028.

LIVIA GARCIA-ROZA nasceu no Rio de Janeiro e estreou na ficção em 1995 com o romance *Quarto de Menina*. Depois vieram *Meus Queridos Estranhos* (1997), *Cartão-Postal* (1999), *Cine Odeon* (2001), *Solo Feminino* (2002), os dois últimos indicados ao Prêmio Jabuti, *A Palavra que Veio do Sul* (2004) e *Meu Marido* (2006). Todos os romances editados pela Record. Pela Companhia das Letras publicou *Restou o Cão e Outros Contos* (2005) e *A Cara da Mãe* (contos, 2007).

LÚCIA CARVALHO nasceu em São Paulo, em 1962. Arquiteta formada pela Faculdade de Arquitetura da USP em 1984, atualmente exerce a profissão em São Paulo. É também cronista e blogueira (www.frankamente.blogspot.com). Tem crônicas publicadas na *Revista da Folha de S. Paulo* e no *Estadão*. É co-autora do *Livro do Diretor: Espaços e Pessoas*, Cedac, distribuído pelo MEC para diretores de escolas públicas. Participou da coletânea de crônicas *Soltando o Verbo* (Nova Esfera).

LUIZ PAULO FACCIOLI nasceu em Caxias do Sul (RS), em 1958, e lá viveu até 1977, quando se mudou para Porto Alegre, cidade onde mora atualmente. É músico, compositor, juiz Allbreed e Instrutor pela The International Cat Association – TICA. Autor de *Elepê* (contos, WS Editor, 2000) e *Estudo das Teclas Pretas* (novela, Record, 2004), participou de diversas antologias. Integra o grupo Casa Verde, participando das quatro coletâneas lançadas pelo selo entre 2005 e 2006.

MARCELINO FREIRE nasceu em 1967, em Sertânia (PE). Vive em São Paulo, vindo do Recife, desde 1991. É autor, entre outros, dos livros *Angu de Sangue* (Ateliê Editorial) e *Contos Negreiros* (Record) — este, vencedor do Prêmio Jabuti 2006. Também idealizou e organizou a antologia *Os Cem Menores Contos Brasileiros do Século* (Ateliê). Mais informações sobre autor e obra, acesse www.eraodito.blogspot.com.

MARCELO CARNEIRO DA CUNHA, morador de Porto Alegre e São Paulo, jornalista, escritor e roteirista, com dois curtas-metragens (um deles premiado no Festival de Berlim, entre outros) e quatorze livros criados, mais de duzentos mil livros vendidos e circulando por aí. Para o ano de 2007 estão programados o lançamento do romance *Depois do Sexo*, pela Record, e traduções no Chile e Argentina.

MARCELO MOUTINHO nasceu em 1972, no Rio de Janeiro. É autor dos livros *Memória dos Barcos* (7Letras, 2001) e *Somos Todos Iguais Nesta Noite* (Rocco, 2006), além de organizador das antologias *Prosas Cariocas – Uma Nova Cartografia do Rio* (Casa da Palavra, 2004) e *Contos Sobre Tela* (Pinakotheke, 2005). Foi responsável ainda pela coordenação editorial do *Manual de Sobrevivência nos Botequins Mais Vagabundos*, de Moacyr Luz, lançado pela Senac Rio em 2005.

MARIA JOSÉ SILVEIRA é goiana e mora em São Paulo. É formada em Comunicação e em Antropologia, e mestre em Ciências Políticas. Foi sócia-fundadora da Editora Marco Zero e trabalhou na Cosac & Naify. Tem vários romances publicados, entre eles *A Mãe da Mãe de sua Mãe e suas Filhas*, com o qual recebeu o Prêmio Revelação da APCA, 2002, *O Fantasma de Luís Buñuel* e *Guerra no Coração do Cerrado*. Escreve também para jovens e crianças.

MÁRIO BORTOLOTTO nasceu em Londrina (PR) e atualmente mora em São Paulo. Tem 44 anos, é escritor, dramaturgo, diretor, ator e cantor de blues. Publicou os livros *Mamãe Não Voltou do Supermercado* (romance), *Bagana na Chuva* (romance), *Gutemberg Blues* (artigos de jornal), *Para os Inocentes que Ficaram em Casa* (poesia), *Atire no Dramaturgo* (coletânea de textos do seu blog homônimo), mais quatro volumes com algumas de suas peças de teatro.

NELSON DE OLIVEIRA nasceu em 1966, em Guaíra (SP). Escritor e doutorando em Letras pela USP, tem mais de vinte livros publicados, entre eles *A Maldição do Macho* (romance) e *Algum Lugar em Parte Alguma* (contos), ambos pela Record. Dos prêmios que recebeu destaca-se o Casa de las Américas. Atualmente coordena oficinas de criação literária para escritores com obra ainda em formação.

REINALDO MORAES nasceu em São Paulo, 60 anos, dois meses e três dias depois da Proclamação da República. Publicou *Tanto Faz* (romance), pela Brasiliense, em 1981, reeditado pela Azougue em 2003; *Abacaxi* (romance), pela L&PM, em 1985; *A Órbita dos Caracóis* (romance de humor e aventura), pela Companhia das Letras, em 2003; *Estrangeiros em Casa* (relato de viagem), em parceria com o fotógrafo Roberto Linsker, pela National Geographic-Abril, em 2004; *Umidade* (contos), pela Companhia das Letras, em 2005; *Barata!* (novela infanto-juvenil), em 2007, pela Companhia das Letras. Fez várias traduções de romances e peças teatrais, e publicou contos e ensaios variados em coletâneas e revistas. Colabora também em novelas e sitcoms para a televisão, desde 1988. Está finalizando um romance adulto que deverá sair em 2008, se tudo correr mais ou menos bem, ou, pelo menos, não excessivamente mal.

RODRIGO LACERDA, nascido no Rio de Janeiro, em 1969, publicou: *O Mistério do Leão Rampante* (novela histórica, Ateliê Editorial, 1995; vencedor dos prêmios Jabuti e Certas Palavras de Melhor Romance), *A Dinâmica das Larvas* (novela, Nova Fronteira, 1996), *Fábulas para o Ano 2000* (infantil, Ateliê, 1998), *Tripé* (crônicas, roteiros e contos, Ateliê, 1999), *Vista do Rio* (romance, Cosac & Naify, 2004; finalista dos prêmios Jabuti, Portugal Telecom e Zaffari & Bourbon de Melhor Romance), *O Fazedor de Velhos* (juvenil, Cosac & Naify, 2007; vencedor do Prêmio Programa de Ação Cultural da Secretaria de Cultura de São Paulo). Mora em São Paulo desde 1991.

ROGÉRIO AUGUSTO nasceu em São Paulo, em 1967. Publicou o livro de contos *Além da Rua* (Com-Arte). Participou das antologias *Os Cem Menores Contos Brasileiros do Século* (Ateliê), *Visões de São Paulo* (Tarja Editorial) e da coleção *Muro de Tordesilhas* (Amauta). Atualmente escreve para o site literário *Bagatelas!*

SANTIAGO NAZARIAN é paulistano. Publicou os romances *Mastigando Humanos, Feriado de Mim Mesmo, A Morte Sem Nome*, e *Olívio*, pelo qual recebeu o Prêmio Fundação Conrado Wessel de Literatura, em 2003. Colabora com jornais e revistas como *Folha de S. Paulo, Joyce Pascowitch* e *Rolling Stone*.

SÉRGIO FANTINI nasceu em Belo Horizonte, onde reside. A partir de 1976, publicou zines e livros de poemas; realizou shows, exposições, recitais e performances. Publicou os livros *Diz Xis, Cada Um Cada Um, Materiaes* (Dubolso) e *Coleta Seletiva* (Ciência do Acidente). Participou de inúmeras antologias, entre as quais: *Geração 90, Manuscritos de Computador* (Boitempo), *Os Cem Menores Contos Brasileiros do Século* (Ateliê), *Contos Cruéis* (Geração), *Quartas Estórias* (Garamond) e *Cenas de Favela* (Geração/Ediouro).

SHEILA LEIRNER nasceu em São Paulo. É crítica de arte, jornalista e curadora independente. Vive e trabalha em Paris há 16 anos. Terminou seus estudos na França e, em 1975, tornou-se crítica de arte no jornal *O Estado de S. Paulo*. Autora, co-autora e organizadora de uma dezena de livros, publicou inúmeras apresentações, ensaios e traduções em jornais, revistas e suplementos nacionais e internacionais. Membro de júris e conferencista convidada na América Latina, África, Estados Unidos, Ásia e Europa, foi curadora-geral da 18° e 19° Bienal Internacional de S. Paulo. Obteve o Prêmio *Personalidade Artística do Ano na América Latina* e a condecoração *Chevalier de l'Ordre des Arts et Lettres* do governo francês.

TEODORO ADORNO nasceu em 1970, em Ribeirão Preto (SP). É cartunista e ilustrador de livros para crianças e jovens. Também é apaixonado por gatos, mangás e animês. E pela obra de Saul Steinberg.

XICO SÁ, 43, jornalista e escritor, nasceu no Crato (CE), região do Cariri, e criou-se no Recife, de onde veio para SP. É autor de *Modos de Macho & Modinhas de Fêmea* (Record), *Se um Cão Vadio aos Pés de uma Mulher-Abismo* (Finaflor) e *Catecismo de Devoções, Intimidades & Pornografias* (editora do bispo), entre outros. Faz parte das coletâneas *Boa Companhia – Crônicas* (Cia das Letras), *Por Dentro de um Livro – Contos* (Casa da Palavra), *Antologia Bêbada* (Ciência do Acidente), *Os Cem Menores Contos Brasileiros do Século* (Ateliê) etc. É colunista da *Folha de S. Paulo*. Seu blog é www.carapuceiro.zip.net.